齐／一／民／文／集

四个不朽

——生活、隽文、音乐和书法

齐一民　著

知识产权出版社
全国百佳图书出版单位

图书在版编目（CIP）数据

四个不朽：生活、隽文、音乐和书法 / 齐一民著. —北京：知识产权出版社, 2015.10

（齐一民文集）

ISBN 978-7-5130-3763-1

Ⅰ.①四… Ⅱ.①齐… Ⅲ.①散文集–中国–当代 Ⅳ.①I267

中国版本图书馆CIP数据核字(2015)第216827号

责任编辑：刘 睿 邓 莹　　**责任校对：**董志英

特约编辑：陈太云　　**责任出版：**刘译文

齐一民文集

四个不朽

——生活、隽文、音乐和书法

Sige Buxiu

齐一民 著

出版发行：知识产权出版社有限责任公司

网　　址：http: //www.ipph.cn

社　　址：北京市海淀区马甸南村1号（邮编：100088）

天猫旗舰店：http://zscqcbs.tmall.com

责编电话：010 – 82000860 转8113

责编邮箱：liurui@cnipr.com

发行电话：010 – 82000860 转8101/8102

发行传真：010 – 82000893/82005070/82000270

印　　刷：保定市中画美凯印刷有限公司

经　　销：各大网上书店、新华书店及相关专业书店

开　　本：880 mm× 1230 mm 1/32

印　　张：7

版　　次：2015 年10月第一版

印　　次：2015 年10月第一次印刷

字　　数：156千字

定　　价：22.00元

ISBN 978-7-5130-3763-1

目　录

第一章

生活不朽——

我家周边五百米

1. 说明（2013 年 3 月 6 日，星期三）

我保证，这将是一本很有意思的书。我之所以一直处心积虑地想写一本叫做《我家周边五百米》的书，最早是受了本雅明写巴黎的拱廊的启发：本雅明只写了一样巴黎的东西——“拱廊”，就把当时的巴黎载入史册了，人们一想到本雅明就会想到拱廊。其实，什么是真正的“拱廊”呢？那对于本雅明来说并不重要，重要的是他写了。

但是，北京的上空并没有拱廊，北京的天上有一口黄色的锅盖，那个锅盖是用鸡屎黄色的气体组成的，我于是，就想到了写我住的周围的这方圆一里地——500 米发生的所有的事情了。

我记录住所周边 500 米的近距离的故事的另外一个原因是因为父亲患了一种被叫做“阿尔茨海默病”，这种病其实每个人都会“得到”，只不过父亲得得更加严重一些。我于是，就独自担当起了照料一个“阿尔茨海默病”患者的任务，我估计，这种状况会延续许多许多的年头，直到——我也开始从父亲的基因处——得到的那种病开始发作为止。也就是说，在未来甚至更加未来的漫长的年月里，为了怕父亲走失，我基本上就再也足迹不能离开北京市南礼士路这方圆 500 米的、长安街上的“周边地区”了。这 500 米，将组成我的作为一个“写手”的最为主要的“背景世界”。佛教中有“芥子纳须弥”一说，就是用一小颗粒的草芥，看万象世界之大千，俺呢，想用描述方圆 500 米的功夫，展露 21 世纪中国的、世界的“背影”，以及父亲的背影。我总以为，从人类一代接着一代传宗的角度说，父亲的背影就是自己之背影，也就是人类之背影。

开笔写这本书的“大背景”还有一个，就是随着我北大博士论文写作的这一个段落的结束，无论那本集结了我长达 4 年的心血的书最终的命运是平坦的、亦或是折腾的，我基本上已经不太介意了。我已经十分的满意，我满意地完成了从 1994 年在加拿大那个法语城市偶然开始的长达 20 年的漫长的文字的征途，终于完成了“全文类”的塑造。就是说，我到目前已经写成的 20 多本书、已经覆盖全部的文章的“文类”了，包括小说、随笔、散文、诗歌、政论、札记、学术论文等。据我所知，在中国的活着的“作家”中能做成这件事的没有几个人，比如说余秋雨老师，余老师写大散文行，但一写小说，就不是小说了；再比如王朔，王朔是写不出来哪怕值得北京大学批评一通的学术论文的。我呢，我的论文最起码是被一群北大教授们狠狠地、非常一本正经地、认真地甚至是痛心疾首地——批评过的！

因此我比余老师和王老师都还“牛笔”。

鉴于这本书的非常性，我在写这本《我家周边五百米》时，想这样写：第一，突破文体；第二，突破主题；第三，突破前两者。

再者，我想把这本书写成一本可以随时写，也能够随时停顿的书：随时写是因为我的写作肯定会被随时地打断，比如老爸不知跑到哪里去了，我非要去追踪老父的背影；再比如我写着写着也写痴呆了；再也拿不动笔了，心脏也不跳了等。

对主题的突破是指我想突破本雅明，我想既像本雅明又不是本雅明，因为本雅明在俺这个岁数早就死了。我想突破文体的羁绊、文类的羁绊、主题的羁绊、故事的羁绊、人物的羁绊、时间的羁绊、写手的羁绊……

它，这书，会是什么样的，我还不知道。可能当它都完结的时候，我也还不知道，就连可能会分析它的人，也不太知道。

但我保证它不会太神秘，因为它就扎根在我家周边的——方圆五百米。

2. 传达室的小李一家人：他们住的地方（2013 年 3 月 10 日，星期日）

其实，勾起我写这部书的“药引子”就是楼下传达室小李的那个大女儿。我几乎每天都和她见面，这么一见，也就见了 10 多年。我今天还和她见过两次。她总是仰着那张看起来半智障半不智障的脸，她的个头还和 10 年前一样高。关于她，我过一阵子会更加详细地表述。我由小李的大女儿想到了小李一家人，我又从小李一家人的这十几年想到了楼下的这十几年，然后，我就又想到了周围的方圆 500 米的这十几年。于是，我就有了写一部书的冲动了。爱写书的人都有一种说不太出来的经历，就是“那件事”成就了“那本书”，当你不想写它的时候，那本书是怎么都写不出来的，但当你老是想写那本书的时候，你只要把手指往本子上一摆放，手就会自己写起来了。

小李一家人距我家最近，因此，我的这本书就从他家开始。

小李的家就坐落在离我住的八层楼十来米的地方，假如不坐电梯的话，我瞬间就能到他家的那个“窝”。对的，小李的家不能说是“家”，应该是“窝”！鸟窝的“窝”，蚂蚁“窝”的“窝”，鸡窝的“窝”。前两年有个流行词叫作“蜗居”，那个“蜗”和这个“窝”的发音是同样的。

小李的“窝”就在我家这个门洞还没有进入安全门的地方，本来是个“传达室”，但小李一家人10年前把那个传达室变成了一个能够容纳一、二、三、四（以上是小李夫妻和他们的两个女儿），五，这个是他们家的那个老人，那个“老人”我不知道是小李的母亲还是他的岳母。于是，他们5口人就在我家楼下的那个传达室里“过家家”了，打从我记事（当然是住到这个楼的时候算的），我就见他们的那个窝成形了。小李一家人就在那里面红红火火地生活着，那里和外面的楼道就只有一个帘子之隔，我们因此天天都能见到他们家的油烟袅袅，看见他们在包饺子、在煮汤，看见“新孩子”（小李的小女儿）在里面被生产、在里面一天天长大，然后，又被她那个半智障的姐姐带着戏耍……

从小李那个相对来说最红火的家——至少在我住的这个楼里，我想到了动物的栖息的规律，我想到了蜘蛛织就的网子，我想到了大屋顶下面的燕窝，我想到了所有动物的生存的本能……在北京这种从各地飞来的鸟都想有个“窝”的城市，每户人家留存下来的方法是迥异的，有的靠拿枪（比如我父亲他们那代人靠参加革命造反住进来的），有的靠“考”（比如那些考进名校的大学生），有的呢，是靠机会，而小李靠的就是把握机会——10年前他把握住了“传达”的这个机会，因为10年前这个门洞里住的人还有一些带头衔的，这里曾经需要一个搞“传达”的：传达报纸信件之类的，而且那个“传达”最好还要有点“功夫”，和歹徒决斗呀！于是个头不大、老家是河北承德的小李就把握住了这个机会，就顺便把自己和一家子带到那个不超过5平方米的“传达室”里面了。于是又过了不久，小李的第二个女儿的“哇”

的一声啼哭就在我们这个门洞的他们那个“窝”里炸响开啦！

小李家的地盘其实不只是传达室那5平米，他还把地下室也开发了出来。我们楼的人经常眼看着电梯到了一楼，却没停，朝地下一楼的方向开去了，而那个地下一楼想必就是小李家专用的本楼的地下室吧：那个地方电梯开后，你眼前一片漆黑，因此除了小李一家人谁都不太敢去，去了，就仿佛是要下潜到地狱里面，而小李一家人索性就把那个“活儿”给包了，因此，你时不时能看见小李的大女儿从地下一楼端着一盘热气腾腾的饺子上来，你也能看到小李的不知道是他母亲还是她岳母的那个穿着复兴商业城制服的“老人”从地下一层抱着一床还带着太阳香味的棉被子走上电梯，偶尔呢，小李本人也能从楼下推着一辆崭新的自行车上楼……总之，地下一层是小李一家人“海阔凭鱼跃”的“专属经济区”，是个本楼的“神秘处所”。

由此我说小李家“燕窝”的面积远不止5平方米嘛。

3. 家住同仁堂楼上的好处（2012年7月25日，星期三）

我家的楼下有家“同仁堂”药店。家住同仁堂楼上的好处大致有两个，第一个是当作路标的：只要有朋友来，我就叫他们在同仁堂门口等我——这，也包括7月21日给我女儿送“北京理工大学录取通知书”的那个快递人，他刚一走，北京61年未遇的那场大暴雨——就下了起来。

家住同仁堂楼上的第二个好处是能随时买药——没病时都能买。我通常一走进同仁堂的大厅，那些在那里已经站得非常不耐烦了的卖药的大姐们就能一下把我包围，她们通常都比我的年龄大，而且特别的专业，个个都像是中医，介绍那些药时都仿佛是自己用过吃过似的——甚至包括我常买的“麝香虎骨膏”。我于是纳闷，那些五十开外的中老年妇女为什么老是腰上贴着膏药。

我今天想买的本来是“六味地黄丸”，是为了治腰疼的。在写了一年的论文之后，论文还没有预答辩，我腰就坏了，我眼睛也坏了。我于是想，假若我的论文通不过年底的那场“预答辩”，那么，我就要天天到楼下的同仁堂“上班”了。

在“麝香虎骨膏”治不了腰疼的“里”的情况下，有朋友说我得的是“肾虚”，我在“百度”上查了一下，有些男子才二三十岁，就早肾虚了，所以过了五十的我再肾虚，也并不是件不光彩的事——何况我的“虚”的罪魁，又极有可能是那篇博士论文：写的时候，我整天坐着。

在同仁堂买药，你对那些向你推销药的中老年妇女，既不能向防范推销药的医院大夫那样十分的“肝颤”——因为他们大多是以看病的名义——卖药，而在同仁堂，你要相信同仁堂的人就是“为了卖药而卖药”，但是，你又要时刻提防她们朝你卖的那种药——并不是你真的需要的那种，因为有些药她们可能提成多些，有些药她们可能提得少。比如今天朝我介绍这种我最终花了近200元、买了几千丸的、蚕屎般黑又亮的“金鸡虎补丸”，就和我本来要买的“六味地黄丸”不同。她说这能治好我的“肾阳虚”，而那“六味地黄丸”是专治“肾阴虚”的——那种“虚”，只有坐月子的女子才有，但是，我上午分明从向我推荐“六味地黄丸”的那个朋友处，听说她的弟弟就是吃了半年的“六味地黄丸”

才把他30岁时的那场肾虚给治好了的。你说我信谁呢？还有，“金鸡虎补丸”分明比“六味地黄丸”贵，而且卖药的大姐一给我开就开了一个整疗程，并且说这个被“李时珍”发明的方子，我只要每年吃上一两个疗程，别说“肾虚”不会再有了，就连坐月子的能耐都有可能呢（大意）。真是神效呀！

让我最终做了用“金鸡虎补丸”代替买“六味地黄丸”的决定的，或许并不是那位大姐既像是特别懂得中医又像是特别不懂得中医的表情和谈吐——我始终没有放松对她的有意对我卖贵的药的警惕。因为我知道对于她来说，多拿点提成的重要性一定高于我究竟是“阴虚”还是“阳虚”的判定，就跟多拿点红包的外科医生在打开病人的肚皮后，都会多割下点病人的某些器官似的——这是被利益驱动的。而且我也不太相信那个千年前的神医李时珍先生就是这服药的真正的发明人，但我，还是把这几千粒蚕屎般黝黑的药丸带回家了，即使，我冒着当西医大夫的老婆一旦在家里看到中医的药丸子就总是顺手丢进垃圾箱的危险。我之所以买“金鸡虎补丸”了，是由于它的名字特别：它叫作“金鸡虎补丸”，而在我家里，我的女儿是属鸡的，我和内人都是属虎的，你瞧这一服药，竟然把我家全家人的属相都包括进去了，属虎的我吃了后，肯定会“虎”背熊腰的。

4. 长安商场的麦当劳明天就要关门（2013年3月23日，星期六）

本来是应该继续写“小李一家人”的，可是距离我家100米的长安商场的那个“麦当劳”明天，也就是3月24日的24点就要关门，于是小李一家人的故事就要让路了。

那个“麦当劳”是我几乎每隔一天都要去喝一次咖啡的——我在那里只喝咖啡，却一喝就喝了十几年。而据《北京晚报》说，它不仅是北京的第二家麦当劳，而且是许多80后的成长的见证，我女儿的许多个生日中的一个也是在那里度过的，而所有这些都要在明天的24点就快要结束了。我不知道让那么多人的梦都能一下子断掉的那种决策，是经过哪个肯定是半拉残缺的人的脑子作出来的，不过反正这是一个叫人“断梦”的、和正在莫斯科带领夫人彭丽媛进行国事访问的习近平主席提倡的“中国梦”不太符合的决策。

人的梦——管它们叫“中国梦”也好、“美国梦”也好、“俄罗斯梦”也罢，最怕的是做着做着就被一个像长安商场的“麦当劳”似的决策人——给无意间打断了。哪怕是一场噩梦什么的，最好也要让人坚持地做到底嘛。

在美国人给这个地球带来的众多的奇迹之中数“麦当劳”以及“肯德基”最为奇特，遍布世界各个耀眼的地段的这些个不太大也不太小的它们所传递的是你怎么琢磨怎么神奇的永不过时的最最“美国”的信息。那就是平凡、平凡，还是平凡，但肯德基和麦当劳的平凡都已经到了“贼伟大”的地步了——这种话，我经常在大学的“商务理论”课上给学生们讲。你想，一个汉堡、一块鸡、一杯咖啡、一张学生桌子，就能冲破那么多种文明的“吃的堡垒”，哦，忘了，还有一间厕所呢，就能在北京的烤鸭、意大利的馅饼、穆斯林的“馕”等那么多的林林总总的传统食物的阵地上冲开一个口子，就能让那么多人从本民族的口味中转换，就能给那么多的人留下一段或长或短的“念想”……我真想不出还有什么能比美国人推出的这两样“宝贝”更能发挥如此大的作用的了。

你们可以猜想：假若全中国的麦当劳、肯德基都让那么一个权力更大的“决策者”给明天关张了，那会是怎样的一番景色！

我试着猜，第一，全中国的鸡和牛都会“举国欢庆”，因为它们都将被大赦；第二，全国的许多的小朋友的生日都可能延时；第三，全国将有许多喜欢顺路到那里“方便”的都四下乱窜……

我于是遥想到本雅明时代的巴黎城中的那些拱廊：拱廊是19~20世纪交接的时候城市的象征，是那个时代的“范儿”，而那些个“范儿”到了20~21世纪，就变成了遍布全球的美式的麦当劳和肯德基了吧！

一个麦当劳所传递的绝不仅仅是“食肆”的概念，那是一个比“茶楼”更现代、比“九门小吃”更科学、比“东来顺”更老少皆宜、比“簋街”更卫生的“平台”：吃的平台、聊的平台、发呆的平台、方便的平台、DIY的平台、看人的平台、被看的平台……麦当劳是直通世界的。别管地点多么偏僻，在那里，你都能无意看到对桌上的另外一张来自地球另外一个旮旯的一张和你里外都不是一样的人的脸，因为拥有另外一种脸的那个人和你一样也认为，他（她）同样是这里的主人。美国人别的本事没有，有的只是、就是能把出产自那么多地方的人种聚拢到一个地方去然后一同地活着，而至今能做到这个的也就是北美的美国和加拿大吧。因此，那种“你我是一家”的理念就借着不幸的麦当劳的汉堡和肯德基的鸡、就着全世界的人们的嘴里的唾液——流淌得一塌糊涂！

5. 听那首最后的挽歌——唱在麦当劳关门之后（2013年3月25日，星期一）

今天凌晨零时30分，当长安商场的麦当劳在众人面前已经寿终正寝之后，一个女孩儿在仍舍不得离开的人们的“忽悠下”蹲在麦当劳的店门外用她的吉他弹唱了一首她自己写的“献给麦当劳”。她是北大的一个女学生，是个“校园歌手”。她的歌声结束之后，人们才开始离去。她起初不好意思唱，但一个大人说：“你现在不唱的话，一觉起来会后悔的！”另一个男孩儿带着哭腔和愤怒的声音——也叫她唱。他愤怒，是由于麦当劳的店员和经理们并未在最后关门的时刻、哪怕是举行一点小小的仪式，说一句诸如“感谢大家这20年的关照……”之类的话，就那么不声不响地把门关了，这让他释放不出他心中的郁闷。

从昨天中午起麦当劳就人流不绝了，都是手拿相机的，其中也包括一个女孩儿——我那个10年前在里面过过生日的女儿。在晚上6点钟时你已经找不到座位了；在晚上11点钟时，人们都在那里交谈着和这个“洋食肆”的交情，而且都倒计着时间，当午夜的“大限”来到的那个时刻，在手机和钟表中显示出那一刻起，人们就都起立为“她”送终，而这时候人们还能点餐、点一份“最后的晚餐”。这时候柜台上的店员们都已经变成了闪光灯下的明星，他们也情不自禁地在找着明星的感觉、做着“站好最后一班岗”Pose。我想这，是他们在此处忙碌了多时之后万万想不到的景象吧！

为了能“轻轻地走”，那个1980年出生的、不知管那些大岁数的女员工是叫“阿姨”好还是叫“大姐”好的负责指挥“善后工作”的男经理特意安排关店前不要太造势，不能太煽情，要“悄悄地”关门。于是，就出现了刚才说的那个男孩儿有泪想使劲儿弹而咋都没机会弹出来的局面，于是在门都已关了、里面已经开始“清场”了30分钟之后，北大女学生的歌声才为这一场马拉松式的“关门仪式”画圆了一个完整的句号。

夜色里，我在通往长安街另一边的过街天桥上走着。15年来我每周都要从这个桥上走几次，因为桥的一边的50米处是我的家，而桥的另外一边的四五百米之外是我父母的家。于是这个长安商场把角地方的麦当劳就自然成了我在两个家之间奔走时的“驿站”，是个中途歇一歇、喝一杯、看一份报纸、看一本随身带着的书的“中途岛”。而这个驿站和“岛”，在不经意之间就因为不知是哪个脑子里进了负氧离子的“决策人”给关掉了。

中国的事基本上都是在偶然的状态下发生的，因为决策本身大多是在偶然的场合由一些偶然站在那个位置上的人作出的，而大众能做的最多是玩味那些个偶然的抉择的正确性或者哀叹那些个偶然的错误的决策所造成的后果的不幸，为那些个错误而吟唱挽歌，吸吮那些二百五们的决策给自己造成伤害后流淌着的黑色的血——就拿这个被“万人瞩目”的长安商场的麦当劳来说吧，人们大多是为它的突然关闭而伤感而留恋，但又有谁在质疑这个关店的决策的正确性，又有谁试图阻止它的实施呢？那无疑是个非常严重的荒唐而错误的决策——麦当劳为长安商场创造了巨大的客流，它已经是这个商场经营不可缺少的门脸和招牌。而无论是谁，但凡有初级的经营常识的人都不可能做出如此“自废武功”的商业决策，何况，它又是北京的第二家麦当劳，是一个承载着那么多人的美好回忆的地方呢？

6. 白云观河边习武记——我们已经“无地自容”（2012年4月28日，星期六）

和犹太人学会的，我一贯喜欢同时做两三件事，而且能使其并行不悖。进入50岁的半百区域后，我近来除了北大陈老师的“陈门”之外，又分别进了两扇“新门”：一个是东直门“邦达外语学校”小霍老师的“霍门”；另外一扇，就是白云观河边张师傅的“张门”。前一个是习俄语的，后一个是习武的。不过按说这两件事我都是“二进宫”。10多年前在紫竹院，我就曾经投到那个女师傅陈老师的门下习陈氏太极。近来又在紫竹院见到了一条腿搭在树上的陈老师，她看着我后笑而不言语，意思像是：“你咋又复活了？”她的子弟兵们也一茬茬地更换，但陈老师还是10年前的样子，没事就把腿放到树上。

张师傅这一门是我两个月前投的。张师傅75岁了，从前从事餐饮行业，也就是“大厨”。但张师傅这个大厨不是一般的大厨，他在和平宾馆干过，20世纪80年代他在中国驻“西德”使馆干过，还在80年代到日本国巡回，做过“药膳”的交流。由此，我推断我之所以每次从河边回家后因为和张师傅学习剑术而胳臂极其酸痛，他却没事人儿似的，都是他曾经做过的那个名厨的缘故。

张老师的武艺起始于他的幼年，他早年曾站过桩子，各路拳脚都习得过，所以，你看张师傅使用扇子做“陈氏太极扇”时，外表像是大姑娘耍腰鼓，但功夫在其内涵：75 岁的他把从“陈氏太极一路”“陈氏二路”“陈氏太极扇”“功夫扇”“陈氏剑”“凤凰剑”——一路路一个钟头打下来，一点儿倦意都没有。他平时人像个松树桩子似的，站着纹丝不动，但动起来动作丝毫不走样，就好比是录像带似的，一天天地放，能保证都是“原版”——这，就是老人家的“蒸功夫”。

我虽然年轻张师傅 25 年，但打一次就得歇上两天，否则就腰酸背痛。我还不好意思说是坚持不下，就对张师傅和另外几个老头样的师兄师弟们说是因为孩子上学和老人看病，我不得不时常缺席。其实我女儿过一个月就高考，她比我出门还早。

和张师傅练的最起劲的不是“陈氏太极”——那我已经在紫竹院小河边熟悉了，而是剑法，尤其是那套“凤凰剑”，打起来那么的慢，但慢中藏着功夫，张老师一招一式毫不走样。而起初，我得趁他转身去的时候偷会儿懒，否则胳臂吃不消——我的剑是钢铸的伸缩剑，有一公斤多哩。但今天我感觉好多了，剑在手，好像是拳头的延长，耍起来——就着“春江花月夜”的曲子，能感受到一股古人大丈夫“夜里挑灯看剑”的豪气。

过些天我们这几个老头儿的“行伍班子”就得拔旗走人了，因为河边正进行着是市府的美化北京河流的工程，工程主旨是把种好的树先都拔光，然后再种上新树苗。所以，我们打拳的区域一天天被拔树剩下的坑子所包围。今晨时候，“张团练”麾下的兵就剩下我和一个已经秃了头的六十开外的师兄，外加一个怎么学都不像是学习打人功夫而是在苦练被人打的功夫的、也是六十开外的老头儿。看着大大小小的树坑，张师傅和光头师兄叹着气说："看来咱们就只能再坚持——最后一天了。"

7. 同一套"陈氏太极"——竟有那么多种打法（2012年5月8日，星期二）

我在暗自琢磨着太极。

今天在玉渊潭，我看到了一套"陈氏"的和一套"杨式"的，但陈氏的打得压根儿就不像是陈氏的拳，而像是太空漫步——极其的慢，和上周我在家附近小河边那个急性子的"师兄"打得完全是两套路子：我那个"师兄"是个猴性子，打起太极跟孙猴子似的，我跟不上他，等我跟上他时——他就突然停了——是他把下个动作忘了，然后，他就拎起了棍子，我则用手中的剑——当棍子用，但打着打着，"师兄"又突然停了，他又忘了。

今天的这伙子"陈氏"却打得贼慢，但打得非常的"狠"，而那个带头的——一般都身穿绸缎着"功夫服"，相貌也出奇的"狠"，所以我几次想跟着这个"团队"比画，都中间犹豫了。

在那个因修地铁被挖得没水了的玉渊潭的"东湖"边，我终于加入了一个看似像"杨氏太极"的小组，他们比那个狠巴巴的"陈氏"人多，所以混进我一个，也不太显。我是第一次打这么慢的"杨氏"，但由于有快得多的"陈氏"的基础，"杨氏"起来非常容易。特点是慢、更慢，但身体更柔，所以更加"较劲"。我边跟着比画边体会着太极的"学理"：其实快也好、慢也好、狠也好、猴子像也好、狮子的步态也好——这些都是表面上的，内在的是慢、快之间的逻辑以及每个动作的目的。然后，我跑到一个小山坡上，我不按照“陈”“杨”的路数记住任何拳路，而是先朝一棵树踢去。我发现还能踢出20岁在大学狠踢宿舍门的那种——肾脏还没虚、阳气还旺盛的感觉——我每天都看《养生堂》的“中医”节目。我再接着想，假如我在这个小山坡上被一伙子山贼包围得——死死的，老子咋办？于是我手头的拳头就有“眼”了，我脚下的步子也有“神”了。另外，我因山势“制宜”，我随机、随着感觉打，我偶尔踢踢树，偶尔就不再踢树——那树叫“菲律宾木”。我竟能把在小河边和张师傅学的“凤凰剑”“太极扇”“陈氏太极”“杨氏太极”，外加和那个猴子性格的老师兄学的那根棍棒里的“真谛”们，都一一随时、随需要而一一用上了。

其实，这恐怕才是武术的真谛。而这，和我学习俄文不记语法以及写博士论文貌似“毫无章法”但不久文章就生得郁郁葱葱的原理——是严丝合缝的。

8. 张老师对我说：“你已经可以出来了。”（2013年3月31日，星期日）

我家南面150米处有一条有时被污染有时没被污染的河流，在被污染的时候那里面有鱼，在没被污染的时候那里面没有鱼。但甭管有鱼类还是没有鱼类。一年四个季节钓鱼的人却一直都有。

那条河去年被打造成城南的“行走公园”之后，我就一年四季都在河边行走。我有时候跟着老张老师打太极拳，有的时候不打——因为张老师和我的作息时间总是截然不同：他一般都早晨六点钟起床，然后就在河边打拳，而我能够六点钟起来几乎是不可能的，因此我整个一个冬天都没和张老师打拳。我有时候挺自责的。在懒得起来的床上我有时候半睁着眼、想象着张师傅怎样的在天还没有亮的情况下，一个人，伴随着那几首好像多少年都没有改变过的乐曲、打着那几套几十年没有变过一个姿势的拳。我甚至想着：人一辈子能把一件事做到极致就是一个神奇的人了。我的前半生已经当过几种那样的人了，而张老师一生的最宏伟的成就就是成为一个能在全天候打一套永久不变的太极拳的拳王……我想着想着就又睡着了。

今年快要开春的时候我曾去过一次河边，张老师见我来了打着拳没说什么，打完了，就没等我不好意思的解释，自己开始为我找半年没在师傅面前露面的理由了："你当然起不来啦，你们年轻人还要夜里上网呢！"我赶紧说："是、是、是。"说完后就趁机又休息了三个星期。前天我又露面了，见除了自己以外还有刚刚露面的其他的 4 个男女师兄师姐，我才认识到半年起不来床的不仅是自己一人，我还发现他们竟然也把那些套路——遗忘得比我还要彻底！我于是特别的欣慰，甚至发现自己都是个伟人了。

张老师今年除了那些半个世纪不变一个动作的陈氏太极拳、太极扇之外，令我惊奇的又增加了一套太极刀的套路。76 岁的他舞起刀来飒爽英姿，只见刀光闪闪，张师傅宝刀不老，而且还有一刀差一点把旁边狂跳着老太太舞的一个老太太的左肩膀——给劈了！我边惊讶边模仿，由于太忘我，也险些被那个老太太给报复性地撞翻在地。

老人家收了架势之后，看了看一个月后又露脸了的我，只说了一句听上去很有分量的话："你现在已经——可以出来了。"

9. 那个看书摊的小伙子在清明节等我显形（2013年4月6日，星期六）

清明节期间没地方去，又没有纷纷的雨，就去了离我家150多米的百盛购物中心六层的那个书摊。我家周围原来有很多的书摊来着——在1998年我刚刚回国的时候，可是那些在各个购物中心的十来平方米的书摊，平均每几年一个，就仿佛是清明节的雨点一样，一个个都没有下落了。我天坛家里的几千本藏书可以说都是为了挽救那些个书摊买的，但无论我凭一己之力怎么地勤奋地买，也没能将那些书摊的摊主的心给留下，于是，它们就一个个地消亡了。北京的房价一天天增高是"实体性书摊"一个个关张的主要原因，因为假若要付足租金的话，那么那些书就不能平着放了，就要立着放，放得像千层饼似的，于是，书就都跑到了网上。今天的《焦点访谈》说连墓地再过10年都没了，那时候我猜想：人的"实体性墓地"也会像书一样从空间消失，被祭奠的人——比如你我这样的，都会在网上笑着接受子孙的每年一度的祝福，那时连"青"他们都不用踏了。再有，因为10年后墓地就再也没了，使我想到10年之后是否还有葬身之地之类的，人生不仅像张爱玲说的出名要趁早，眼下连去世似乎也不能拖拖拉拉、瞻前顾后的了。报纸上还说了一句有意思的话："俺们百姓死不起了，让领导们先死吧！"这无疑挺给力的。

调侃完死亡以及清明之后，再说回到离我家150多米的"百胜"楼上的那个我家方圆200米之内的唯一没死的书店。为了拯救它，我近来去得更勤了，因为分明在2013年刚到之后它又缩水了五六平方米，那个这五六年每次我去都像见了“活菩萨”似的男店员眼看着自己守着的这个阵地又陷落了一块，看见我时的眼神，就好像直接要去墓地似的兴奋。昨天我的出现显然是他没有预料到的，是清明，在这个谁都出门踏青的日子，我又来了。我买了4本书，我走了，我想，我一定是他这一天的唯一出现的客户吧；我花的100来块钱，也够他的工钱了吧！

文章刚写到这里，手机又响了，又是那个每隔一天就给我打电话叫我买房的推销房子的小伙子。我说我真没钱买房，你千万别再给我打电话了。他说：“我给你打过吗？”为了让他别再骚扰我，我索性说：“我还攒钱买墓呢！”然后我问他想不想买，想的话我可以卖他一个。他说那可需要北京户口呀，我说你要真想埋在北京的话，我倒是可以把我的指标转让给你。

这下他兴许就不会再打骚扰电话了吧。

10. 丹田到底在哪里？（2013年4月13日，星期六）

在不经意当中“铁娘子”撒切尔夫人就去世了。让所有人联想到那些个代表时代的人物们生命的终结，于是我也想：“死亡的事情是经常发生的，关键是死的是谁。”

上周在距离我家南面150米的那条可以顺着它一直走到城南的河——我有时真的一直走到城南，本年度前两个月我写论文快写到终点的时候，就是每天上午写作，下午沿着冰封的、才半米多深的那条去年刚刚修好的河，去寻求第二天写作的灵感——发生了一件非常“了不起的事”，是一个钓鱼的，钓上了一只两斤半的鲤鱼。当那个“姜太公”拎着两斤半的鱼得意地就要走的时候，我问这么浅的河哪来的那么大的鱼呀，他说：“是上游有人放的。”……哦。

本月各种花已经开放了，花一开小河边的小公园就每天都是人了。下午的那拨儿是打牌的、打麻将的、打球的，还有议论“国事”的。议论也就是议论上那么三两句，比如到底是金正恩厉害呀还是奥巴马厉害呀——什么的，因为朝鲜和美国、韩国、日本就要打“核战争”了。金正恩无疑是个“打架不要命”的小孩儿，而美国人甭管武器多么厉害，就是怕把命丢了，因此一个小老鼠就能把大象给吓趴下。

我早晨一旦能够早起——7点多钟，就必定会出现在小花园中正在打着太极的老张师傅的侧面的视线里——师傅压根就没想正面看我这个似有似无的徒弟。平日等四五十分钟的拳收场了，张师傅收了势，将在“丹田”中酝酿了一个多钟头的那股子气像给车胎放气似的全撒了之后，马上想到的就是教训我一顿。比如张师傅周三说：“都这时候了，花都开了，你咋还起不来呢？”我于是就得赶紧把话岔开，说我每天凌晨一点钟才休息哩！张师傅听后，便问：“什么？一点？……”他似乎开始理解我了，同时这时候他已经把为什么非要教训我的理由给忘了。毕竟75岁了嘛！我想当张师傅在85岁的时候，“痴呆”是肯定的，但程度上或许肯定比我父亲轻微些，因为张师傅要记住的那么多套拳脚，那么多的姿势，连我现在都无从记住！对了，撒切尔夫人也是“阿尔茨海默病”患者。假如她的病在当年同邓小平谈论香港怎么回归的时候就隐形地发作，咱们也省得费那么大的气力。

今天——当三天后我又再次迟到地——出现在老张师傅的面前时，发现今天顶替我挨老师教训的是我那个一年只见过三次面的“小师兄”。张老师在教训他的时候——此时已经是非常的投入了，尤其是周边有了两个围观的人之后。张师傅说你咋都跟我练4年了，还在跳“太极舞”？说你为什么不会运气，不懂什么叫“气沉丹田”……此时我在一旁看着他们，我非常轻松。我插嘴问到底丹田在哪儿？师傅说是在肚子里，而且还能像钢球似的在里面转圈儿。旁边的一位“二师父”说丹田不只是在肚子上，浑身哪儿都有丹田，从脑门开始就是，然后是鼻子上，之后通过肚子，过后再从后脊梁下去……“二师父”还说丹田是要“开”的，他自己没开成，就请专人帮着开，好像是用了“电击”一类的法子。他说脑门上的丹田开了之后，感觉着，就好像脑门哪儿有一个往下流动的小电动瀑布……“二师父”讲完后——他也70多了，脑门没一根头发，我想：那种“电瀑布”从他脑门顺流而下的时候肯定比从我们这种头上有头发的人——哪怕有的已经变成白色的了——要顺当的多吧！张师傅为了证明自己肚子上有一个“大个的丹田”，特意做出了“骑马蹲当”的样子，让我和小师兄使劲儿抡圆了拳击他的肚子。只见师傅的肚子气鼓鼓的，像个打满了气的皮球。我本想狠命来上几拳头来着，一是被师傅的气势给吓住了，二是担心师傅一发功自己的拳头受什么内伤，就没敢使劲打。

我想师傅说得有道理：当你“骑马蹲当”的时候，假如肚子是瘪的，别人一摇晃，你就很容易“崩溃”掉了。在了解了“丹田”的门道之后，我在接下去打“陈氏二路”的时候，真的注意了“呼”

和“吸”，基本能保证肚子像蛤蟆样老是鼓的。几套拳脚结束之后，师傅在收拾刀、剑、扇子等“家伙”的时候趁着兴致高，就又教训了小师兄一会儿，其中的内容也有和开始教训时说的不一样的，比如说他平日来不了，借口是因为上班；周日来不了，是因为非要和老婆“甜甜蜜蜜”……我注意到75岁的老张师傅在说到“甜甜蜜蜜”的时候，表情显得也挺甜蜜的。

11. 城管突然把我家楼下小胖子的水果冷饮店封了

（2013年8月4日，星期日）

城管近些天非常的凶猛。“城管”无法被翻译成国际通用的英语，因此，即便译成了英文，“城管”也还是“chengguan”。

也就是说，“城管”二字里面，能把“中国特色”包含得足斤足两。城管近来频频在我家方圆50米的地带插手，而且他们每次出现，都是趁着我不在的时候。比如，上个月旁边那个楼门洞里卖水果蔬菜摊儿的去年冬天才根据城管的指令装上去的能用于防冷和防盗的塑钢窗——就被拆了，也说城管让拆的。于是，那个蔬菜摊儿的原本都在“富士康血汗工厂”打工的小夫妻俩之中的那个男的，就得夜里睡在摊位上看守他们的财产——茄子、黄瓜以及花生瓜子之类的。我问他们今年冬天咋办？男的笑着说，那要看城管咋说了呗。他们小夫妻两个一个是河南人，一个是山东人，二人的家只隔着一条省与省的边界。不知道河南人惹了谁了，这十几年口碑不好，山东人还将就，于是，一旦我的妻子从他们那里买回家了烂柿子之类的，我就说是他们二人中那个山东的——卖的，让她别瞎给人家按标签。

至于我家楼下10米外的这个小水果摊儿被“城管”用惨红色的塑料纸把玻璃封了的事，我是在上个星期路过时，才突然知道的。这家是安徽的那个小胖子开的。他特别的懒惰，他一年到头都不整点上班，因此，我总是在想喝矿泉水的时候急切地下楼，然后又空手上来。我让他的一个“表哥”、也是安徽的但其实并不是他真的表哥、在“复兴商业城”里的“迪亚天天”边上卖北京特产的另外一个圆脸的小胖子——转告他不要这样做生意，做生意要守时，就是要守株待兔，你总不能老让人家兔子——客户四下找你吧？！——我当然是带着帮助年轻人上进的口气说这番话的。他那个圆脸的“表哥”连说“是是是”，并且说一定帮我转达并教导他。（安徽人为什么大多数是圆脸？！）但结果并不好：那个小胖子仍然不改，还是时不时叫一把钢丝锁帮他看门。由于我爱人也是安徽人，我就没再说他了。

小胖子即使在店里，你路过那个5平方米的小店时，也往往看不见他。他在趴着睡觉，那姿势就好比是动物园中冬天的麋鹿、豹子以及野猪。我去买东西时，常常是必须将“它”摇晃醒。他收了钱，就又放倒了。我帮助他盘算，这一冬天下来，他基本上没什么盈利。但入夏之后，他来劲儿了，他终于苏醒和勤快了起来！他先雇人将小店花一万元重新装修了，然后，又买了新的空调和冰柜，并且，他还果断地调整了小店的“商品结构”：他基本上不卖水果了，他配齐了各种各样的冷饮，花花绿绿琳琅满目，而且，他似乎也不困了！从他那些天的表现和一招一式，我看到了“万物复苏”甚至是习近平主席所号召的、让大家都试着做做的“中国梦”——的真实表象。

之后，最令我和小胖子提神的，莫过于复兴商业城的“迪亚天天”超市关张的“喜讯”。得知后我兴奋地告诉妻子：她那个老是和“迪亚天天”混的圆脸的“表哥”老乡就要倒霉，要当“迪亚天天”的殉葬品，而那个开小店的“表弟”这下，可是撞上千载难逢的“商机”了，因为那些原本想到“天天”买水的客户都要来小胖子的店呀！那天，当我到小胖子那里向他表示祝贺的时候，小胖子已然是一个“天将降大任于俺”的、大老板、大生意人的样子了，边忙着收钱边忙着上新货。我对他说你运气实在是太好了，刚把去年冬天赚到的钱用于扩大经营范围和规模，你的“对手”就关张了。小胖子憨憨地笑着，说没什么、没什么，该怎么干就怎么干呗。

但第二天我又路过小胖子的店的时候，就发觉不对劲了，因为有人在他的窗户上整张地贴那种血红的塑料纸。我问一脸茫然的小胖子咋了？他说店完了，城管让他关张。我说你和复兴商业城不是签了合同了吗？他苦笑着说那没用。我问店关了你干吗去？他说我哪儿知道。我问你那个“表哥”呢？他说他已经找到新的去处了，咳！咳！

那个店果然再过两天就不复存在了。血红的纸张抱着它，从门的缝隙中隐约能看见那些小胖子摆放不久的新潮的软饮的瓶子的影子。又过了两天，我在店外看见了似乎已经从“破产”中平复了的小胖子。他胯下骑着一辆崭新的红色的、妇女骑的小款式电动车，也不是我想象的那样的沮丧，还有说有笑的。于是，我就不再多想他的事情了。

12. 楼下摆地摊的那个女人（2013年10月26日，星期六）

每次从我们楼下摆地摊的那个“女人”的身旁走过的时候，我都想到了“文学的功能”的问题，因为似乎只有将她摆地摊的“行为”记录下来——用象形的文字，这样才有意义。文学研究的不应仅仅是理论，因为理论是不能用来吃饭的，而文学上所谓的“吃饭”，恐怕就是，能把那些靠某种随意的手段生活、生存，然后再变现，再用被变现的人民币换成食品，朝嘴里送的人的生活记录和描述出来，外加少许的感叹和同情。就比如楼下常年摆地摊的这个中年“女人”，我之所以如此随意地在她的识别符号上加上了个用于怀疑的引号，是由于我从前以为一个女人本应该是在家里的，而不是在街上的；即便是在街上，也是花枝招展地逍遥着的，而不是像她——她365天天天在一个人来人往的、“复兴商业城”前的人们走着的道上，摆着一个非常不合法的地摊。她那个地摊也就1平方米多，上面摆放着一年四季不同种类的非法出卖物，比如夏天来了，那上面就放着遮阳的帽子、雨伞以及乳罩之类的；秋天来了，伞就没了，什么手电棒呀马桶搋子之类的就来了；冬天到了时，帽子就变成厚的毛的了，而到了-10℃以下的时候，她就变得非常的兴奋了，因为她的摊位上都可以卖大衣皮袍子之类的了，而且最寒冷的冬天是她和其他几个非法摆地摊的人的狂欢节——因为城管不敢出门了呀，他们就可以用带着护耳的帽子把头给包住，一天8个多小时的放纵地、肆无忌惮地、痛痛快快在外面的1平方米的阵地上摆地摊啦！

冬天显然万岁。

我是出于多余的同情，前天在每天都和我打一声招呼的这个听口音像是个东北女人的老朋友的摊位上，为我老父用20元买了一个带着护耳的帽子。我当然没有砍价，因为在她眼中我是个“有钱人”——她那天听我说没钱的时候，说“谁信呢！每天10点钟才出门，大包小包地往家拎东西……”，我马上解释说我每天拎的菜和水果。回家一想，本来无意的手中的茄子大葱之类的，由于在鼓囊囊的“大包小包”之中，在她的眼中，在一个每天卖两个帽子、一条丝围巾以及一个乳罩之类的（而且是非法的、随时会被抄走）的人的眼中，俨然就是“大财富”了。因此我一下子就愧疚了，于是再买茄子和圆白菜的时候，我就只捡那些个子小的挑了。

13. 大妈广场舞——中国人的第六大发明（2014年7月3日，星期四）

由于天又热了，且饭后没事，就只有到白云观前的那条不知已经流经多少“光年”的小河旁散步，因此，不想看大妈广场舞，是几乎不可能的。这个小广场上的舞——照例的，也是在高音中跳动的，也是吵吵的、轰鸣的杂音中，那些“大妈”们——也就是我这把年纪，仿佛被一鞭子抽了后就再也停顿不下来的陀螺，整晚整晚地转着舞动。尽管她们之中偶尔也掺杂了少许的我这般的“大爷”，但“大爷”们更像是陀螺底下的那个锥子，只有少少的“一点”，而且体态也不是圆形的：多数的大妈据我的反复远距离观察，是椭圆状的，这或许就是她们不到离“大妈舞场”

也就30来米的那群跳交谊舞的人那边去的原因，但分明的，她们跳这种被我视为中国人的第六项伟大发明的“舞”的动机和终极目的，就是把自己的陀螺腰给跳成柳树的干。

我由于长期或近或远距离地观望这些“大妈”跳舞，有时竟也产生过加入她（他）们之中、也做一个“陀螺的尖子”的冲动，我也似乎总是等待着哪个大妈把我用眼神给勾引进几十个陀螺的舞动之中，但是，会让几乎所有的我这样的“大爷”失望的是，这些大妈每个人眼中的空洞以及面部如没有能动弹得了的肌肉的木讷：她们肯定是呆滞的、中性的、机械的，她们跳这种全球已经颇为闻名了的、已经有几十亿人次加入到之中的dance的目的，就是活动筋骨，就是变为柳树，就是因为吃饱了之后被撑着非常难受了，就是保持那个由“四个腿”（和动物的相对应）的鲜活和松动，概言之，就是保证body的正常的、加长的运作和运转。

已经“大妈化”了的female是比较难于推敲的，我甚至认为，人类的死亡和堕落以至于人类的无望，都开始于这种女性的“大妈化”。显然，“大妈化”并不仅仅拘泥于肉身的“期中考试”和变为陀螺，我以为，那是去性化和身心走入维系的状态，跳那种舞的目的，难道不是维系吗？你一年维系，你两年维系，当我们10年之后再看到同样的原地旋转的表情全无的那种舞姿的时候，尽管陀螺们还在被几根锥子支撑着转动，但显然，她们能用于维系的时光，就又缺失了10年。由此，这种机械的转儿，我以为还不如河边的那另一群都七老八十了还男男女女地搂抱着用已经干枯得一塌糊涂的残躯在进行着不知是距离各自的死亡倒数多少年之前的“精神通奸”来得更加痛快和直白，因为那些个枯枝败叶之中，毕竟还保留着少许的人类与生俱来的两性期望以及幻觉，因此说，大妈舞与之相比，真是空洞和绝望得一塌糊涂！

14. 楼下摆地摊的她——不也是个“大妈”吗？（2014年7月10日，星期四）

那天和她聊天的时候，我才知道她今年54岁，既是个“大姐”——我的，也是个“大妈”——少年的。此“大妈”非彼“大妈”也！她这个“大妈”和河边广场上早中晚时刻不停地“转陀螺”的“大妈”们的不同之处在于，那些人是闲得没事，是在减肥，是在瘦身，是在消磨那些永远都“不朽”的时间（《雕刻不朽时光》是我博文集的书名），这些个俺楼下的摆地摊的、看车的、买菜的、卖书报、卖鞋油的“大爷”“大妈”们每天要做的，是使用那些别人总嫌多而他们总嫌少的“伟大时光”，谋生、谋活路、谋发展……

刚才忘了，除了卖鞋油和卖书报的之外，俺楼下周边200米左右的“长安商场”和400米上下的“百盛购物中心”四周，还有干另外一“职业”的，就是“收卡”——收那些购物卡。咱回头再表他们吧！

我每次从楼下的那个“大姐妈”的身边走过的时候，都有着不同的感觉和感受，我的感觉和感受来源于我手中拎着的不同的东西——我采购的“战利品”和“必需品”以及与它们相应的她的不同的“反应”，换句话说，她的反应总能提示我刚才买了什么。情形是这样的：

当我买了三棵葱的时候，她的反应是平静的。

当我在夏天手拎着三个大西瓜的时候，当时必须是烈日炎炎，她会说："吃得了吗？"

当我手里拎着的是带有"好利来""永和""味多美"之类名称的包装袋的时候，她的反应是非常强烈的，会说："！！！！"以及"？？？？"，直至甩来一句非常让我无地自容只好加快步子逃跑的话："不要钱呀？！"

我于是只有崩溃。我闪身进了"肯德基"的旁门。我必须静一下反省。

显然，对于路边的她和她们、他们——这些一年到头无论刮风下雨下雪甚至是"城管来了"都不间断地在"复兴商业城"边人行道上靠着一个地摊谋生的人来说，他们能够平心静气目睹俺这样的熟人手中最最合适的"手提物"，也就限于三根大葱。

三根葱之外的几乎所有的东西，对于在风雨雪中站大半天都一般不"开张"的他们来说，几乎都等同于"奢侈品"。就比如那个"大姐妈"吧，我手里的一个"永和套餐"，几乎就是她三个钟头的站地摊的收入，而我，通常是上午一趟，下午一趟，上午那趟是给老爸买的，下午那趟是给"小家"人买的。于我而言这应该不算什么，但我上午的那趟对于她和他旁边的那个卖鞋油的中年男人来说，可就很是"什么"了，他——那个卖鞋油的，地上摆的全部加起来也就10桶鞋油，为了能把它们卖出去——还不是全卖，他要蹲在地上，哈着腰一遍遍给那些把脏鞋伸过去让他试着擦鞋的男人和女人们做演示，而正当他半跪着给人擦鞋的时候，假若，我手中拎着个装满了花花绿绿的西式糕点的"好利来"的袋子，进入他的正和地面平行的视线了，我能够换位思考到他那时候的感觉和感受。同样，那个"大姐妈"全冬天都在冰雪和寒冷中站在“肯德基”门边上、在零下的寒冷中卖着可能有人买也可能全天一个人都不买的毛线帽子，当她看着我手拎着“味多美”的豪华点心袋子，从她得得瑟瑟、病病怏怏、恍恍惚惚的身旁流窜而过，刺溜的一下子跑进温暖无比的“肯德基上校”的家里去时，我要是她，也恨不得像姚晨想对待因为吸毒而被抓了又放出来的宁财神（电视管他叫“陈某某”）那样——狠狠踹上他两脚！

15. 我家周边的报刊亭和它们的亭主（2014年7月22日，星期二）

我家周边方圆500米至少有8个报刊亭，它们就好像是一张有8个支点的蜘蛛网，随时能把我这个喜欢读报的“大毒蜘蛛”给网罗进去。

无论是绝对数，还是相对数，北京的报刊亭都肯定是全国之最，对于一个习惯于“报来伸手”的我这类北京人来说，到外边的城市什么都能习惯，就是习惯不了找不到报刊亭。比如，我曾在上海的南京路“上下求索”，又比如，我也曾在“大武汉”的汉口一条街一条街地用两条腿“扫马路”，但无论是怎的“求索”，也无论是怎的把鞋底都磨平了，就是找不到一个报刊亭，那情形，就如同大烟瘾犯了，就好比是刚刚被爆吸食毒品的宁财神——我是说极端的难受。照理说都网络时代了，报纸的气数也该尽了，我本不该读那么多报，但读报和读书一样，不读则已，读（毒）上了就下不来。有时我将自己这种必须天天读报的“恶习”归类于老年痴呆的前兆，自认为是一种“抱残守旧”的现象。但既然已经都痴呆了，就索性痴呆到底吧；都已经守旧了，再怎么的守，也都是旧的！

由于上述的读（毒）瘾每日必犯，因此我对周边的十个八个的报刊亭以及它们的主人，就无比的熟悉。它们就像那些卖菜的、卖水的、卖书的、卖食物的、卖咖啡的……我家周边那些的每月每周每日对外伸出召唤的手的——大商小贩们一样，构成着我生活着的“场景”，这种“场景”是活动着、移动着的，每一个人都有，“场景”就是你我每天都按时“出没”的地方，就是你的“动物习惯和习性”。比如，一个政客每天出没的“场景”是发言的大会会场和他面对的唯唯诺诺低头做着笔记的下级听众，一个公交车司机每天面对的“场景”是他面前的车窗和街景，一个拳击手每天面对的“场景”是对手那被他打得头破血流的脸，一个说对口相声的人每天面对的“场景”是他那个看了再也不想看又不得不看看了就恶心的搭档的嬉皮笑脸的——模样，当然，一个都“金婚”了的丈夫每天作为一个丈夫，面对的是他既熟悉又不太熟悉妻子的脸，一个俄罗斯国民十几年如一日面对的国君的“场景”，是那个有时苦笑有时不苦笑但怎么看怎么都非常有咖啡味道的弗拉基米尔·普京先生的——眉毛和胡子（尽管普京先生平时不留胡子）。

我想，在我把那些卖报的报亭当成既固定又移动的“场景”的同时，他们——那些卖报的人看我，也是一道既移动又固定的“景观”吧。我眼中它们是固定的，因为它们常年就在原处不动，我眼中的它们是移动的，因为我今天上午可能在这个报亭买报，明天上午就可能从那家报亭买报；于他们来说呢，我的固定不固定的变换在于，他们今天看“那家伙”来了，他们明天又看“那家伙”跑到对面的报亭去了。他们的眼睛肯定是雪亮的，它们（那眼睛）就仿佛是安装在报亭里的用于“反恐”的监控器，我这类人每日的一举一动肯定都在他们的眼中半有意识半无意识地映放着、记录着，因为他们——那些亭子的主人，无所谓春夏秋冬刮风下雨甚至下雪下雹子的每天 10 多个钟头地在亭子里“站岗”，他们是人肉建成的电线杆子，是仿佛不会动的树桩，当然，也好像是纹丝不动机警狐疑的——警察。

16. 我家周边能喝咖啡的地方（2014 年 7 月 24 日，星期四）

咱接着上一段话说：假若警察真的在那几个报亭找不到我的话（我只是说假若），那么，拿着刚买的几份报刊的我，肯定会端坐在我家周边四五百米的几个能喝上咖啡的地方。其实，喝咖啡和喝茶喝水都是一样的，在家里也能喝到，我家就有众多没被冲泡的咖啡豆和茶叶，但是，咖啡馆和茶馆之所以能在许多人家的旁边开着，说明那里有着一些自己家没有的元素，比如说那种“闹中取静”的感觉。在自家一个人喝咖啡是静中取闹：原本不需要刺激偏偏寻找刺激嘛！

我常去的咖啡店——自从长安商场的那个“麦当劳”关门之后，第一是南礼士路和长安街交叉路口西北角的那家“好利来”西点店的“咖啡座”，第二是我家楼下的那个“肯德基”，第三是“百盛”那边的“麦当劳”，第四，才算是我家周边的两个“星巴克”。我对如上的几个咖啡座非常的熟悉，当然，那里的人对我也异常的熟悉，例如，我在“好利来”只喝卡布奇诺，由此，当我每天刚刚走进那家店门，都不用我张口，其中的一个店员就已经开始做卡布奇诺了。还有，在楼下的肯德基，由于我一贯的“什么都不要”——不要糖（怕胖）和奶（奶是假的）、不用搅拌棒（没什么好搅和的），甚至连托盘都不要（既然什么都不要了），因此，我的形象刚一露面，柜台上“他什么都不要！他什么都不要……！”的话音就已经传递开了：由于每天都有新店员加入，那些人不知道我这个“什么都不要”的习性，老店员们就争相地警告他们，四周人听了，就仿佛我的名字压根就叫“什么都不要”似的。

有时候，我对“好利来”和肯德基两家店对我顽固执行实施的“卡布主义”和“什么都不要主义”感到少许的厌烦，想偶尔来个突然的“变招”让他们下不来台：我想在“好利来”的“卡布”刚刚做好给我端献上来的时候忽然说“其实我今天想喝美式（咖啡）”，或者在肯德基的几声“他什么都不要”的接力传呼之后突然说“我什么都要！”，但这种恶作剧一下的冲动被自己三番五次地镇压下去了。因为我猜想，只要我哪怕是一次（就一次！）打破了自己在“好利来”和肯德基的“只喝卡布”和“什么都不要”的习惯，我在他们心目中几年苦心经营出来的“品牌形象”——“卡布先生”和“什么都不要先生”就会顷刻间错乱和坍塌。那时候，他们的见到我时条件反射应对的“行为编程”就会出现迷走和失常，甚至是死机，就好比国家领导人们凡是在公众场合见了心情非常激动的群众就该挥手致意，然后就该说几句“大家还好吗？

我今天终于有空来看大家来了！”之类的广大群众普遍期待中的话语。倘若哪天哪个领导人见了群众不挥手了、也不安慰大家了，突然来上一句：“附近有卫生间吗？”或是狠命地一把把群众推开，说：“我困了！”之类的，那么，地球上人类的本来就不太井然的秩序，就非乱不可。

出于以上的顾虑，我每次去“好利来”和肯德基，即便真想换个口味喝喝“美式”或者想在咖啡中加糖加奶然后再用搅拌棒玩命搅浑水似的搅和，我也得强忍着。

17. 当严冬来临的时候（2014 年 7 月 25 日，星期五）

我们楼下也是有严冬的。当严冬来临的时候，通常你看到的应该如此这般的一道街景：

我照例到那几个咖啡店去喝咖啡，只不过是脚步匆忙了一点——我为了躲避寒冷，就刺溜一下从那个当街摆地摊的“大姐”（大妈）的身旁跑过，跑进热情洋溢的肯德基里面。

那位“大姐”此时头裹着一个不能再厚了的大围脖，口中冒着热气，有时还发着高烧，正忙着销售适合于这个季节的东西：通常是大毛帽子、大围脖和大棉手套之类的。

此时的“好利来”正为了把我这个“常客”输掉给肯德基懊悔着。

此时的小李一家人，有的在当街卖着烤好的红白薯（小李老婆），有的在修冬季的大皮靴（小李），有的在我们门洞的他们那个“蜗居”中戏耍（他小女儿），有的在忙于给各家的邮箱分报纸（他大女儿），有的在为楼下的“复兴商业城”扫除着门口的积雪（他大姨子）……

我们这个楼的那两个“热力公司”的经常一边干活一边闹矛盾的两个老年职员，此时在繁忙地接着手机，并对电话中说他们家的暖气不热了或是漏水的人说：“我马上就到，您先……忍忍。”

以上是我们这一带动态的冬季的繁忙。

我家周边四五百米那些“静态的繁忙”的人有两种人，第一种是8个报亭里面的，另一类是楼门洞“菜亭子”里面的，也就是原本在“富士康”干活的那小两口。无论是报亭子的还是菜亭子里的，严冬对于他们来说都是一道难关，因为无论在什么样的天气，也无论气温低到何种程度，他们都不能动弹：他们既不能像送快递的那些人那样用四肢的繁忙运动来抵御严寒，也无福像“好利来”的那些装扮得像航空乘务员一般的少男少女那样在咖啡和奶香中体味“冬天的味道”，他们必须一天十几个小时地守在报亭和菜亭中——卖报和卖菜，这，无疑是一种长达3个多月的历练和折磨。

报亭和菜亭子中冬天没有取暖设备，最能起到避寒作用的是那一道塑钢窗。通常卖菜的亭子是装了塑钢窗的，但去年的秋天、当冬季立刻就要到了的时候，窗子突然就不见了。我问小两口过冬的窗子咋没了，男的苦笑了一下，说为了应付检查，才把窗子给拆了。过了半个多月检查结束了，他们又花了几千块钱让窗子恢复了原状。据说，男的为了怕菜夜里被偷，夜里就席地睡在菜亭子里面。

我家周边200米范围内的所有报亭冬天都装着一道用于保暖

的窗子，卖报人有的裹着军绿大衣抗寒，有的虽然在最冷——比如 -10℃ ~-5℃度的时候也龟缩成一团、像狗熊似的“抱团取暖”，但好歹报还在正常地卖着，人也不至于冻死。

唯一在冬天有可能出人命的——我大致猜测，除了肯德基底下到了冬天就像打摆子病人那样脸冻得像胡萝卜的“大姐”之外（她似乎一到冬天的下半段就开始满脸鼻涕泪的了），就是离我家直线距离大概有 300 米的复兴门立交桥东南角，“百盛”对面的那家报刊亭了。它的主人是一对江苏人。它从来没有塑钢窗子，也就是说，那两口子每个冬天都是靠着“硬扛”的法子对付冬天的；也就是说，他们每天要在没有任何庇护也不能动弹的情形下，卖那些非常难卖的报刊（由于在路南，基本上没什么人路过，因此，他们那里的“晚报”往往从周一到周日的都有）。

有一个冬日，我见那个女的又像往年那样在 -8℃的低温中好比老电影《冰山上的来客》被冻得抱冲锋枪牺牲在山洞里的那个英雄战士那样守候在报刊亭里，就问她别人家的报亭一到冬天就安窗子，为什么你一到冬天就在这里“冻冰棍”呢？听后，她用十分缓慢的语速（由于嘴已经被冻住了），说：“我、老、公、说、可、能、干不了——多、久、了……”

她指的是那个每次见面嘴里都叼着一根烟卷，歪戴着一顶帽子，好似是国民党败兵的——老公。

就这样，一个冬天他们就得瑟地站在那个报亭里北极熊似的守着，守着那个光秃秃的报亭，就那样迎来了第二年早春的 2 月。一到 2 月，那两口子顿时像是被褪毛的化冻后的家禽，鲜活鲜亮了起来，蠢蠢欲动跃跃欲试了起来。

于是，我们周边这方圆四五百米的街区的春意也跟着来了，生活也活分了，万物也复苏了，人也兴奋和勤奋起来了。因此，新的一个365天，就又轮转了起来。

18. 南礼士路D口外报刊亭主又有一个新来的烦恼

（2014年7月30日，星期三）

我瞎猜的：他的烦恼又来了一个，就是最近传说的北京马上就要清理整顿地铁站出口的报刊亭的那则消息。那是报上说的，但我猜测我肯定比他知道这个消息要早——尽管他每天卖报的总数或许比我全年读的都多。卖报人不读报，卖书人不读书：这可能就是他们也只会卖报卖书的原因吧！

那位老弟上一次的烦恼发生在初春之际。他好容易把冬天熬过来了——用裹着一件非常厚的棉大衣的法子，但我发现通常一到春天就异常兴奋的他今年春天不激动了，而是像个受气的坏孩子那样蔫站在那个比他高一倍的亭子里：他个头很小，和我平视的时候他总是站在亭子里的高台阶上的。那天他身旁还站着另外一个男子。我们用眼神交流，因为那个人一来，他好像就不能说话了。我于是猜：他是不是要把亭子的生意转让给那个男子？好像也不是，因为我发现他的亭子已经被“现代化地改造”了：前面加了一台平板大电视，原本摆的像杂品铺子的那些汽水呀、杂品呀也不见了踪影。有一天周末他身后那个“神秘男子”终于不见了，我问他：“老弟，你要把生意转手了吧？”——其实他的这个摊子就是两三年前从他的那个河南的外甥那里转到手的。“什么呀？！”老弟来了神，像被点了穴位后又被复原的样子。他说那个人是从他承包报亭的那个邮局派来的，是要对他的这个亭子做“数字化改造”。我说这不是好事吗？你看你的亭子现在不仅卖报，还能看电视刷卡付水费电费了呢。他说好什么呀，以后不让放冰箱了，不能放冰箱就不能卖饮料了，以后的营业额就会直线下降：比如说原本夏天每月能挣五六千，冬天每月两三千，平均起来还算个生意，要是夏天没饮料卖了的话，一个冬天不就白挨冻了吗？

我于是明白了他的烦恼，他的整日的愁眉苦脸以及他那个一到周末不上学了就来帮他“站台”的八九岁的儿子的烦恼，还有他看老来监督他的邮局来的男职员的“我烦死你了！”的眼神。那个“旱涝保收”的男职员竟然一个来月的什么都不干，就坐在卖报人的身边，于是，我看到的一个是苦相（卖报人），一个是无聊相（邮局人）。有一天，那个邮局人见了我突然勤快地送给我一个印制得非常“摩登”的宣传彩页，上面介绍这个“数字报刊亭”的各种功能。我看了感觉是这个“数字报亭”除了不能买更多的报纸什么都能干，就连上医院都能在报亭预约了。那个“邮局人”越对我殷勤，我那个卖报老弟的神色越发苦，都快像苦瓜了。我能读出他要说的：“你还我冰柜冰箱！我、想、赚、钱！”

又过了几天，见那个“监管人”不在，我对他说了我从报纸上读到的消息，我说你真是走运：北京邮局在全北京只选了1 000来个报亭做“数字化改造试验”，而你的亭子是咱们这片唯一的被选中的一个。他听后差点哭了。

这次，由于又是我比他提前在他卖的报上读了北京市要清除所有的在地铁门口的报刊亭的消息，而他的亭子同样是我家周边这8家亭子中唯一的正对着地铁口的一家。所以我必须选择最佳时机，把这个“特大喜讯”披露给他。

19. 他们都是在舢板上冲浪的人（2014年7月31日，星期四）

可以说我以上描述的那些人——楼下摆地摊的、楼门洞里卖菜的、报亭里卖报的，干着“万能生意”的小李一家人，甚至包括“百盛”“长安商场”等购物中心门前倒弄“优惠卡”的那些小商贩们，他们都是舢板上冲浪的人，他们的生活就像是一条只有半截风帆的舢板。他们压根就不知道那条舢板明天会被哪一股风吹到哪个方向去，他们的命运，也全被承载在那个破舢板上面从来没有明确的“下文”。他们是生活——这个“不朽”（不休）的并不太平的大洋中的无端头的漂浮物，他们的生命和命运也仿佛是那个美国小说的名字 Gone with the Wind（《飘》），西风来时，他们走向西面；东风来了，他们就奔向西面；没风了，他们就原地不动。他们的工作就会结束，他们的生活就会没有着落。

那些“飘着”的人的生活最让我触动的，莫过于他们的后代在他们的“工作单位”露面的那个特殊的时刻。比如那个南礼士路地铁口的卖报老兄，当他的儿子放学后放下书包和他的父亲一高一矮一起站在如小山似的报亭里面的时候；当另一家山东人小夫妻的一大一小的两个儿子和他们的父母4个人“集团亮相”在距我家更近的另外一个报亭里面的时候；当卖菜的那对儿小夫妻夏天把他们的小儿子从山东和河南交界的那个“小地方”接来，一家人挤在菜摊里面一起看电影视频的时候，你我能感觉到那些小舢板在生命的巨浪中那种源自于生命本身的执着和顽强的搏击着的从容和平静。哪怕对于他们来说，他们几乎全年坚守的那块不到1平方米或者不大于5平方米的小得不能再小的“生存陆地”无时无刻面对着被拆、被关、被勒令整改、被勒令罚款的风险，但是，他们的智慧、执着以及赖皮甚至是被推倒了又能重来甚至是野火吹灭后总能再生……都一次次一回回地将他们从没顶的厄运中捞回和救起，于是，他们的生意就永远不会绝对的毁灭。他们能用最终的现实，证明生存法则中的“适者生存”和“20年后又是一条好汉”是颠扑不灭的真理，他们的证据不是别的，就是你眼看着年年一寸寸往上蹿的“生意野草”的野蛮式的生长，是他们那些孩子们肩膀对着肩膀的和他们父辈的比肩，是生计香火的永不熄灭，是后代的无节制的繁衍，是他们那原本就不是什么“班”的工作岗位有人的接续和传承，那就是生存欲念的火热的燃烧。一句话，那就是生活和生命的不朽以及生生不休！

20. 满目都是垃圾的小姚（2014年8月7日，星期四）

有“满目疮痍”一说，但对于我们这个楼专收垃圾的小姚来说，他“满目垃圾”。从我搬进这个楼的那一天，小姚好像就是收垃圾的，转眼十几年过去了，他还是在收着垃圾。这些年他的变化是：第一，头发白掉了；第二，买卖做大了。我说“买卖”绝不是揶揄他，因为在他的眼里，我们这几个楼的一切的一切都注定是生计，是“买卖”，是谋生的手段。和小姚打了十几年的交道——从把家里的空瓶子卖给他到送给他，到从他的垃圾堆里“淘旧书”，再到让他帮着修理家里的窗户炉灶灯具，随着他的垃圾生意和“衍生服务”不断地惠及我家里的各个层面，逐渐地，我也学习着用河南人、用小姚式样的思维方式，观察、审视、打量、判断起我们这个楼、这个门洞及楼下、楼里甚至楼上的林林总总的事情来，于是，我也被小姚潜移默化地灌入了一种garbage——垃圾式的思维意识和思想方法：这个世界呀，你从正面看全是“正能量”，人物也全是正派的，但一旦正面的、正派的被“受用”光了之后，翻倒过来，就都变成了咸鱼肚子的另外一面，就变成了烙饼的另外一面，就都变成被受用后残留下来的残次品、残存品及副品了。而这，就是garbage，是垃圾。

21.“金助友家政公司”（2014年8月27日，星期三）

“金助友家政公司”在我家路南大概307米，我说得这么的准确，是因为我经常去，我一个月两三次到那里去请保姆——为我老娘。其实，那个“请”字上面，是可以加上一个引号的，因为，我分明不是去“请”，而是去雇佣，我是“老板”和“用户”，但为什么一个月非要“请”3次保姆呢？这其中的缘由共有多少，你用1年12个月份乘上两三次就能够说清楚了。

这个保姆市场是我这十几年的“主要人力资源中心”，至于我家周边别的市场，我也是常常去的，最远的有一个在西客站，最后一次去那里是今年的春节过后。春节，对于“请”保姆的用户来说无疑是梦魇——因为“供求关系”的原因，今年春节我去西客站那家只有一个老板、一间屋子以及一个“候选保姆”的“人才市场”去请人时，那个老板先看了看我以前付过费的收据，然后说“你真幸运，今天还真有一个保姆，人都管她叫‘林黛玉’，林黛玉，林黛玉，林黛玉！”——于是，那个“林黛玉”就从后屋出来了，她病怏怏的，扭扭捏捏的，而且还有几分的心事沉重。我好说歹说之后把“林妹妹”“苦劝”到了“北大医院”——我妈住院的地方，谁知进了病房之后“林黛玉”就立马提出辞职了。我问为什么，“林妹妹”说“我不是跟你说过我不喜欢去医院吗？”，于是，她就现场把我这个才当了她半个小时“老板”的老板给“炒鱿鱼”了。

当然，在“金助友”只要不是春节，就没有见过“林黛玉”那么娇嗔的保姆。特横的我倒是见过一些，也请回家过一些，其中，一个最横的是个山东的中年妇女，我刚和公司签过合同、把她像拐卖妇女那样从“金助友”的里屋带到大马路上，迎面她就见到了一个熟人，见了熟人后她就特别顺畅地聊起来了，我只好在一旁等着。她先聊了十多分钟，我不好意思地催了她一回，她说你急什么呀？再等等！我于是在另外一个10分钟后又小心谨慎地催了她一下，她这次就有些烦了，说：“你不愿意等的话，就先把我的箱子拎回家吧！”我起初是想拎那个看上去比我都沉的箱子来着，但回头一想：“她是保姆呀！”因此我就急了，说我不等你了，你愿意去我家干活就自己去，不想去的话就拉倒！然后我就摔袖子走了。她后来也就去自己摸上门去了，但是才过了一个星期，她就用一个盛着大猕猴桃的箱子，把我妈的头给砸了。

由于挑保姆就像是挑选人才，因此眼力见是非常重要的，当我面对旺季的、坐满一大屋子的、都身披着“金助友”马甲的、与我年龄上下差不了多少的、形形色色的中青年妇女，进行挑选的时候，我有时是挺不太好意思的。那时候的感觉，特别像《非诚勿扰》台上站着的男嘉宾。挑保姆时，我大概有这么几个选人标准：（1）山东人（我母亲喜欢自己的同乡）；（2）能做面食；（3）性格好；（4）相貌过得去；（5）有中等以上文化，能念得出墙上贴着的“好保姆准则”之类的标语。最后还有一个最重要：最起码有能在我家干上一个星期以上的决心和信心。

但是，按照以上的标准找到的，通常会在一个星期过后，做出些尽管符合我那些个“硬指标”却效果截然相反的事情来，比如，拉回家的山东妇女最容易脾气暴躁地和老太太打架；还比如，相貌姣好的妇女非常容易在一个星期“服役期间”出轨、不知用什么样的方式像野猫打野食那样找到私通的男人走掉——其实我家的楼层挺高的；再比如，文化越高的保姆越可能在“服役期间”和我妈抢着阅读报纸、抢看电视频道……

10年多以前，我对为老太太找一个忠贞不贰的好保姆还是挺有信心的，但经过10年之后，在经过几十个的中青年妇女的“案例”之后，我的信心几乎没有了，由于换得太频繁了，我甚至连那些保姆的“姓氏”都不太能记住了。于是，我经常用手机这么和她们沟通：她们来电：“齐大哥，我是小刘啊！我有件急事求你帮助一下。”听后怒火万丈地回答：“小刘呀，又怎么啦！我不是说多少遍了吗？你一定要学会和我妈搞好关系！！！！”对方说：“齐大哥，你搞错了，我是物业小刘，又是领导派来催缴大前年的物业费的！！！！”

22.“活着”的两种状态（2014年8月30日，星期六）

我这个集子的名字就要从“三个不朽”更改为“四个不朽”

了。原本是想把“生活、隽文、艺术”说成“三个不朽”来着：“三个不朽”是和本时代曾经特火的说法“三个代表”对应着说的，其中的第一个“不朽”，就是你们正在阅读的这个“我家周边五百米”里面发生了的事情。后来，我把第三个“不朽”的两个部分“音乐、书法”给拆开了，让“音乐”“书法”分头地不朽，就好比把两个死人分头埋葬似的，因此，这个集子就变为和“四项基本原则”的提法极为相似的“四个不朽”了。“四个坚持”是邓小平最先提的，这些日子电视剧《转折时期的邓小平》特别受欢迎，恰好我也是“邓大人”的“骨灰级粉丝”，因此，把集子从“三个代表”的“三个”变为“四个”，也算是对一代巨人的纪念吧！

邓小平的独特在于个子本来不高，却特别的伟大，他是“小”和“大”的最佳辩证关系的体现，而这其中的“小”，也和本书的构成有些个关联：我在“我家周边五百米”的取材上取的，都是极小极小的“小而平凡的人物”，自然，其中也包含着我。我既没有去写从楼下的长安街上不时呼啸而过的黑色车队中的那些必须隔着防弹玻璃才能“亲密接触”的国家领导人以及外国贵宾——他们距离我的直线距离也就50来米，我也没有去记录那些时常“骚扰”和“欺负”我这本关于“生活”的书中说过的那些“小人物”的“执法者、权威者”们——那些城管呀、邮局的负责人呀、警察呀、便衣呀、仪仗队呀（“职工之家大饭店”在开“两会”时有非常神气威武的仪仗队站岗）什么的，因为那些人都是有组织的，而我笔下的这些人连同了书写他们的本人——可都是没组织的：我们都是野生野死的、自然繁衍的、没着没落的，我们都是无组织无纪律的、自生自灭的、忽有忽无的。当然，我更是可有也可无的，而窃以为，正是我们这些人的“生活”才是构成了“不朽、不休、不锈之生活”的真正的“生活”呢。作家余华写过一部名为《活着》的书，我想，那本书中写的正是按照这类“活法”活着或活过的人，这种才是“真活”，写这种人这类书的作家才是处于真正良好状态的“作家”。而一旦凭借《活着》名声大噪之后，作者进入了有身份有群体有组织的“活着”的状态之后，他真正的思维原生态“活着”的状态也就全然消失了，笔下的“生活”也必然要枯竭。这又如同水井似的，最好的生活之水一定是挖一铁锹就有水、就清水汩汩而涌出的那种的水，这就要求挖井者坐在生活的“水眼”上面，他的屁股要紧贴泥土，写作者最可怕的，是挖呀挖，先挖的水泥、顽石和石灰岩，然后再挖出一大堆驴粪蛋子、狗屎之类的，直到快打到地球的另外一头了，还不见清水，还都是泥汤子。

一种是屁股接地的活法，一种是屁股离地的活法，这个世界大多数人的最最正常的活法——假如可以理想化幻想化梦想化地规划的话，我想，可能是两种“活着”的第一种吧。

23. 从“卡布先生”到“拿铁先生”的“重大改革”(2014年9月2日，星期二)

我真没有预料，自己在决定喝“拿铁”而不是“卡布”之后，会在我家马路对面的那家“好利来”引起那般大的震荡。

我是在“中化大厦”一层的那家“星巴克”买同往日一样的“卡布奇诺”——这个习惯我已经坚持至少5年了的时候，一个男店员问我“先生，您就不能将‘卡布’改为‘拿铁’吗？‘卡布’上面都是奶沫子。”——这样，我才知道自己过去的5年，是完全错误的5年，是被“泡沫化”的5年，是如奶沫中间的微小空气般空洞的5年，而且，还是每天都吃着亏的5年。我想好后，立刻就决定——从此喝“拿铁”了。

尽管第二天我步子还没完全踏进“好利来”的大门就大喊“我要拿铁！”，但还是没能来得及，因为一个女店员已经先把一杯“卡布奇诺”做好了，之后，我说的“我要的是‘拿铁’！”，才随着空气的媒介传播到她。但我坚决要坚持“拿铁”，我坚决不要“卡布”！于是，在一片的哗然和议论声过后，那杯“卡布”才终于被泡沫要少得许多的“拿铁”所正式取代，于是，我在这家面包店的“拿铁时代”，就正式地拉开了大幕。 之前，我是想过能不能来个恶作剧似的游戏——一天喝“拿铁”另外一天喝“卡布”，每天将他们指使得不知所措，但想来想去想到：我那是作践自己的信誉，那样的话，我是无论如何也得不到人还在长队的后面、前面的不加糖不加奶的咖啡就被一只人手端过来、我只需拿6元钱——这是在楼下的“肯德基”；也不可能刚一露头就被一嗓子的甜甜的声音接住“您坐到那边去吧，我一会儿就把‘卡布’给您端来！”——这是在“百盛”楼下的“麦当劳”；还有那天我本来不想喝咖啡，我只是买了面包和点心，但那边人家“卡布咖啡”都做好了，像往常一样找我“算账”，但我的前后腿已经出店门了——这是在“好利来”——的“超级待遇”的，总之，我已经用自己5年来的貌似愚钝的固执和不变，换得了周边这几家咖啡店的这些男孩子女孩们（也有中年的）的已经几乎等同于本能和条件反射般的——习惯性的尊重和先做咖啡后收钱的机械举动，这些已经变成了输入我的和他们的大脑的不可删除的固定程序，成了局部范围内（至少在我家周边这500来米的范围内）的小气候和小风俗以及小秩序甚至是小权威——这就仿佛是人们一看到大首长的车——甭管是在台上坐的车还是下台后坐的车甚至是被抓起来后坐的车——都非常的紧张和心情动荡，都会极为自然地使劲鼓掌和喊口号似的，因此，我一定要切切实实地坚守住仅仅一种最多一到两种的“顽固”的、一成不变的做派习惯，即使那种习惯有时已经被自己厌烦到想马上改、不改就想跳楼的程度，也是要强忍着不改！何况改变它们是那么的艰难、那么容易引起混乱！就比如这次由“卡布”到“拿铁”的改变吧，这两天，虽然我那么严肃地、苦口婆心地一遍遍地告诉“好利来”的几个班次的店员们：“从今往后，我和你们就都已经进入‘拿铁时代’了！”但他们还是一再地犯着错误，都两天了还不能将我的“新精神”全面领会，领会之后好好落实并推广执行，其结果是仅仅两天，这家“好利来”就多做了、白做了、浪费掉了5杯“卡布奇诺”以及更加多倍数的倒进水池子的牛奶的惨白的泡沫……也因为他们三班倒呀！一拨人忘了，做了“卡布”而不是“拿铁”，我不要，他们自己喝掉了并被扣除了工资，然后他们就兴奋地少睡了，第二天上班时就没精神记忆力下降，于是就又忘了，又做成“卡布”了，我还不要，因此他们就又自己喝了，又“喝醉”了——他们平时自己不舍得喝这么贵的咖啡，于是，第二天又忘了……依次类推，看来，一旦他们的“恶习”被养成了，扳过来有多难！鉴于这种形势，你们说，我有几个豹子胆，敢把他们好容易打造出来的、刚刚有点模样的、新形势下的“拿铁思维”，再给还原成“卡布”或者什么别名字的咖啡呢？

24.“味多美”里那些会说话的“机器人”（2014年8月30日，星期六）

“味多美”甜品店就在距离“好利来”20来米的地方，中间隔着一个“永和豆浆”——就是那家一会儿让客人自己端盘子一会儿又不让客人端盘子的“豆浆店”。

我一周之中始终在“好利来”和“味多美”两家店之间徘徊着——随着我的心情和口味。作为一个消费者，在你有选择的时候，必须在一家店买买东西，又到另外一家店买买东西，然后，你就手提着一家店里的东西，从另外一家店的门口走过，我因此，就经常能喝上“好利来”小服务员们送上的免费咖啡了（这段话别被他们的老板看见）。

“味多美”的特殊之处——不知道常去的人注意到没有，在于你的脚进它的门槛，你的耳朵里就能像“随身听”那样灌满女店员们唠唠叨叨的声音，那声音此起彼伏，悦耳动听，还不时变换着内容——包括了欢迎你进去、欢送你出去、盘点你都买了什么、你应该交多少钱，然后——注意，这是和别的也“唱收唱讨”的店最最不同之处，就是那些“基本内容”中间，还夹杂着“味多美”此时此刻正在推出、推销、推广的所有新商品、新服务内容的信息，比如“新咖啡上市，欢迎选购”“新法式面包，欢迎品尝”“现在什么、什么糕点半价啦！”“新、半价、隆重推出……”如此种种，那些店员一边要工作、要为客人包装食物、要前后左右地跑来跑去，同时，她们的嘴里要随着客人的进来、出去（用她们的眼神看到的），随着打包、付款的每个环节，随着每周每月每日不同新品的推出——不停地变化口中的台词。你听起来，就如同是纯本能的、纯自觉的、纯天生的、纯天然的、纯天意的……起初，我对之好奇，感兴趣，但逐渐地，我发觉这个“味多美”甜品店的“良心大大的坏啦”，它感情是把这些女店员们当成活的广告机器了！她们分明就是一台台既能不停干活又能长时间不停动脑筋、不停使用眼神、不停发出商业信息的活的人工智能机器！而你看，她们每人都分明戴着一顶法式的红色的、象征着自由追求的贝雷帽子！

我也是做过多年老板的人，我绝对想不明白，这家店是如何能把店员驯化到如此先绝对听话、又绝对能“说话”的程度，这都令我叹为观止了！我走过世界不少地方，见过的“店”也算不少，劳动强度更大的也见过：比如最为繁忙的“麦当劳”之类的，但那些店大多只干不说，只使用一部分人类的器官而不是将所有的：腿脚、双臂、眼神、脑子、嘴、喉舌——统统地利用消耗，其程度几乎到了登峰造极，他们几乎把人的体力的200%“全方位调动”了，一句话，几乎到了令人叹为观止和惨不忍睹的地步。你想，这些头戴红色贝雷帽的女孩子，其实就是卓别林《摩登时代》的现在版，就是都市里的“富士康”。不同的是，在“富士康”里干活是只动手不动嘴，而且还坐着干，而这里，她们全身都要动！

和一个岁数大一点的店员熟悉后，我终于知道其中的秘密了：“味多美”有一个“绝活”，能使店员们得上这种嘴里8小时不停唠唠叨叨的“本能症”，就是一个月，他们往这个店派一个“神秘客户”来暗查她们的“工作状况”，然后回去打分。那个“神秘客户”，他（她）绝对不暴露身份，来无影去无踪，仿佛是一个徘徊在这个城市每个“味多美”店上空的、在《共产党宣言》中被表述的“一个幽灵”，那个幽灵始终刺激和提示着店员——她们要口中念念不停，要手下勤勤恳恳，还要脸上神采奕奕。

在我看，那个“神秘客户”对于在每个“味多美”干活的女工来说，就是个“恐怖主义者”！

“原来如此。”把“地雷密码”探得后我说。我又问那个店员这一天下来累不累，她说已经习惯了，但一回到家就再也不想说话了。诸君，这，就是这种管理的有违人之天性的地方：人工作了一天之后，本应该是正式开始自己私生活的时候，但她们却不愿意也不再能够说话了，因为，她们已经说了8个多小时的“广告用语”。

我又问你看我像不像是一个“神秘客户”——我本想吓唬吓唬她的，但她毫不犹豫地说：“你，肯定不是！”

25. 南礼士路地铁D口报亭祭（2014年10月1日，星期三）

今天早晨我再朝南礼士路地铁D口的报亭处望去时，它已经不见了——连同我那位老弟、那个身材矮小的戴着眼镜的河南卖报人，连同他的儿子，那个已经长的比报亭摊位高了一截的小学生。

将报亭驱除出长安街的决定被众多报纸探讨了、反对了许久，那些反对的文章来自报界、学界，刊载那些文章的媒介是报纸，现在报亭没了，那些声音也就哑巴了。哦，我忘了，可能正是责令移动报亭的决策人压根儿就不看报纸，因此，挪了也就挪了。据说，起初让朝阳区尤其是让朝阳区的CBD（中央商务区）报亭挪窝的缘由，是为了开APEC会议，是为了市容的整齐，反对的读报人为了证明报亭不能搬也不应该搬走，论证说全世界的文明发达国家的市中心（巴黎的、东京的）都报亭遍布。可我们这边的，现在说没就没了，留下的是光秃秃的一条全是车轱辘的大马路。

为何如此？我猜想最终的、唯一的原因可能是“阴差阳错”性质的，或许就是决策人都不读报、都没有看到那些从《环球时报》到《新京报》到所有指靠着报亭人生存的“报人们”在报纸上发表的“集体投诉”。

报纸不会将人变得聪明，但报纸最起码能使人增加见识，增加了见识的人没时间决策，能做决策的人没时间增长见识。于是，结果是随着被撤除的报亭越来越多，长见识的可能性越来越小。因此，北京会出现大片的“纸制媒介空地”，于是，马路变得越来越光秃，从而，我们距离“文明”的直线和曲线距离就越远。

行政的傲慢的最根本原因是无知。当能够让人深度解析世界上发生的大事小事的报刊被逐出大马路的时候，明白事理的人口比例会随之下降，于是，后面的决策就紧接着变得更加傲慢——在“无知度”被增加之后。记得北京的地铁站台上“禁报”是多年前发生的与此类似的“意料外事件”，记得那时候也和这次一样，众多媒体纷纷“呐喊”，但还是说撤就撤了。那之后，北京人的地下读报的“景色”就已经荡然无存，我猜想，那些人（不在地铁读报）的一部分人之中的极少数，或许这些年过后，就是因为头脑没有文明信息了而且长大成人能做决策了，于是，他们就使用本来不该如此空虚的大脑，做出了这一轮的“撤亭令”。其结果，就将是下一拨儿脑子里更加空虚的人的长大和长成，不知道他们过不多久，还会做出什么样的出乎预料的决定。

我那位“河南老弟”是几年前从他的外甥那里“继承”的这个报亭，他那个外甥到郑州去开报亭了。这一年来，他先经历了主管邮局的“数字化”，他的报亭是全市为数不多的几个报亭之一，那使他的报亭的几种传统赚钱买卖（卖冷饮之类的）损失巨大。这损失前不久才刚刚消减，邮局的监管不那么严格了，他可以卖卖冷饮了，但随之而来的是因APEC要开，他这个临街的报亭要被撤掉的——报上的报道和争论，然后是前两天，他的报亭以及我周边临近长安街的几个报亭的“无报可卖”——不给供货了，他们起初到别处“借”报来卖，又刚过两天，今天，这个报亭连同我老弟、我，就随风而散了。我于是，也不知不觉中被戒掉了十几年在这2平方米的地面上——每天买报纸的习惯。

据说，他们可以把报亭挪到离街面远的地方去继续他的报亭生意。开到地下室去还是到马路下面的犄角旮旯里去？我不得而知，我昨天问过他，他说找了，但没找到。从明天起，我将顺着这条小路，一路找过去，我去找他的新报亭。

我绝不想让不看报纸的人将我的这个持之以恒的“良好习惯”和生活模式，给无厘头地“休掉”。

26. 文人的“生活”就是“生鲜地活着”（2014年10月6日，星期一）

只有生活不休，写作和文章才能够获得“不朽”之源头。“生活”这个字眼于一般人来说就是“活着”——to live，但对于摆弄文字的人来说，对于文人来说，“生活”这个词汇却有着说不尽的涵义。叶嘉莹记录的她老师顾随先生的讲习录《中国古典文心》（北大出版社2014年版）里说作家一定要有“硬生活”才能写成“硬文章”。什么是“硬生活”？你到目前为止的“生活”是硬的还是软的？每一个立志从文的人都要问几遍自己。“硬生活”我以为至少必须包括“非文”的一段生活，就是和文学写作和欣赏毫无干系的一段较长的日子，就是那种“生鲜的、无文学目的目标的生活”。20世纪77级的那些中文系的大学生对此就深有领悟，他们一般都在自己的履历中把那些高考前的生活——什么挖过煤呀、当过乡村小队长呀、当过侦察兵呀、开过火车并轧死人（当然不是故意的）呀、在农村偷过鸡摸过狗骑过羊呀——给大肆罗列一段，然后才是中文系毕业后当硕士博士博导长江学者之类的经历，这充分说明“硬生活”对于从事“文”的事业的人来说（无论是编故事的还是搞研究的）有多么的重要。现在的大学生就没有老77级大学生的那番“生硬地活”的经历了，当他们拿到博士学位之后已然是三十出头，再去挖煤开火车轧人骑羊已经心有余而力不足，因此，他们的一辈子就是从书到书，从文到文。我前些日到中国社会科学院的现代文学所去观摩一个“读书会”，看着那些博士后们、“青年评论家”们围绕着赵树理的小说云山雾罩侃侃而谈的样子，我心中真有些替他们着急：“难道这些娃娃们就这样抱着他人写的小说过一辈子吗？”无奈生命很短，无奈“毛时代”不再，文人们想要去到“广阔天地中接受再教育”的机会已经统统地被父辈们“奢侈”掉了。因此，后代的书评家们只有在城市喧哗和光怪陆离中细读和理解“本本中的赵树理”和“中国的广大农民”了。这在我看来，真是他们人生的一种巨大不幸。自然科学另论，但凡是人文科学，除了占比例不算太高的技巧之外（如外语、理论方法之类），其他的均来自涉世之深浅和天生之顿悟，而且人活到一定的岁数，读过一定量的书之后特别是兴趣到位之后，文章中的“纹理”便会自然显现，所蕴含道理也会无师自通，又何必偏要受那学院文科教育的10年之苦呢？许多先师的例子就是对这最好的实证，比如自学成国学大师的钱穆、大文人沈从文即是也。哦，当然啦，我这个从未读过本科和硕士文学专业课程的“北大中文系博士”，似乎也是一个活脱脱的证人，嘻！

27. 成师傅真死了！（2014年10月25日，星期六）

我家周边500米很少发生死人的事情，但今天，我从高师傅的嘴里得知——他的搭档成师傅死了，而且是真的。

今天，当我像往常一贯似的帮高师傅把家里的大门打开、让他和他的搭档和领导——成师傅进门的时候——他们俩每年这几天必来，必须来把我家这个“管子层”暖气中的气体给放掉，我就问高师傅为何成师傅没来，他高声说：“他死了！”引得我爆笑，我知道他两人历来不和：成师傅是他的领导，每次来都当着我的面指使他干活，挤兑他、熊他、戏弄他，我知道他巴不得他的领导死，也恨不得叫他死。我又问了两次，高师傅还嗓门大大地说："他死了！他真的死了！我这把岁数还能说假话？"高师傅说成师傅今年夏天死于心梗，一下子倒在沙发上没活过来，他 49 岁。我于是相信了：成师傅真的死了——那个帮我老爸换暖气的他，那个和我一起到法华寺家中选暖气拉暖气我又送给了他一组暖气还向我要了一本《自由之家逸事》并让我在书上签名的他，那个按高师傅的话说——老是喜欢从居民家里赚点小便宜弄点小钱甚至被一个楼里的气疯了的老太太追着打的他，那个我一直想把他的手机号（"成师傅暖气"）删掉但不知怎么老是没删怕一旦暖气漏了找不到比他更懂暖气的——虽然按高师傅的说法他压根儿就不懂暖气的他。他尽管只帮我家换了一次暖气，刚换完没几天，我家的地板就被暖气中漏出的水给泡了，最后地板上都能长"口蘑"（蘑菇）了——成师傅是河北人，好像老家在张家口一带，但成师傅现在真的死了！

我对正学着成师傅一模一样的口气训斥着他的两个新徒弟并说那个刚死了的成师傅其实啥屁事都不懂就更别说懂暖气了的——坐在我家沙发上的高师傅，说你要是敢这么议论你刚刚去世的领导，我就给他打个电话告你。我于是从手机的号码中找到了"成师傅暖气"那一行，我说我真的打啦。高师傅兴高采烈地说他人在阴间呢，能接你的电话吗？我一想还真是，我的手机中第一次存了一个"阴间人士"的号码。我于是吓得就把它给删除掉了。

高师傅显然没对比他年小 11 岁的成师傅的死感到什么意外和悲哀，哪怕是少许的震惊，但那个楼里大家都认为"人品并不太好"的成师傅的死，还是让我神魂不定。因为按照以前是中医大夫后来才改行当了供热公司的暖气师傅的高师傅的说法，“什么都干”的、从前是瓦匠出身的成师傅由于干了过多的体力活，活不长是必然的。我呢，虽然体力上没透支过，但20多本书（也包括这本）是一路玩命写过来的。为了防猝死，高师傅让我在现在这个秋末的“双阴”的季节，一定一天补两次肾——通过吃两次“六味地方丸”的方式。我问他天天吃吗？他说当然。我问他每次吃几粒？他说他吃几十粒。我一看家里的那瓶“六味地方丸”上面的说明，分明是让一次只吃6粒。我真不知道高师傅这个在内蒙古成长的、个子和脾气都非常高大的——尤其是在成师傅不在的时候的60岁老汉的今天的神采奕奕和颐指气使以及在两个徒弟面前的超高自信，是来自“六味地黄丸”呢？还是来自长期压他一头的成师傅的死亡。但是，成师傅本人今年入冬前的“不在场”，在暖气管子里的带着废气和锈污的水——哗哗地从大管子流向我家厕所里的马桶的时候，我才真正地切实地感觉到，我甚至还感觉到一种“坏人”没了之后他周边人的至少在言语上的“狂欢”，这种“喜庆劲儿”，也随着脏水汩汩地跑向了我家的“美标”牌马桶。

显然，成师傅在口碑上并不算严格意义上的“好人”，但至少，他是为我家安装过一组至今还光亮映人、还热水滚滚流的“散热器”的人，也是一个留下了一儿一女的熟人，熟人这般轻易地就死了，且没有任何的先兆，这种震撼，还是蛮强烈的。他的死，让我们周边这方圆100多平方米的区域，至少，又减少了一个时常在众人眼前行走的“活物”，活着并行走着，心脏还时不常跳动着——这其实，就是我们作为一个个体的人类的真实的“存在意义”。

看来，我得抓紧出那几本还没来得及出的——著作了。

28. 小李的女儿“意外”怀孕了（2014年11月1日，星期六）

我刚才犹豫，我犹豫是否该像上一个报道成师傅去世的那个标题似的，也给这个故事的标题后面加上一个“！”，因为的确，我不能准确地哪怕是用理智判断（本人有理智吗？）——小李女儿正在怀孕、小李就快要当“姥爷”的这种事情，是不是该像成师傅的死讯传来时那样，在某些熟人（比如高师傅）的内心，会引发能用“！”这种标记——把它给记录下来的冲动。

说实话，小李女儿怀孕的消息起初于我，是不亚于成师傅的猝死那样的惊诧的，缘由是你们在文章的前面看到的——她是一个“半智障”的、身高永远就是那样的女孩儿。先听说她胖了，再听说她胖得自己都不好意思了，后来才被推测出——她是要当妈妈了。昨天，在路过小李家楼下的那个修鞋摊兼卖冷饮摊兼配钥匙摊兼卖酸辣粉摊的时候，我又看见了那个女孩子的背影，为了印证那种传言，我就故意问她的背影：“有啤酒吗？”她回头了。但她不是“她”，她是那个“她”的妹妹——这个小孩儿也这般大了！妹妹和姐姐相貌相似，但比姐姐瘦小。即将当“外公”的小李从鞋摊后应声走了出来：“大哥，我这只有大瓶的。”我其实不想买酒，我就想看一眼被传言就要当妈妈的他的大女儿。

从前，我家的门铃一响，门一开，闯进我家的肯定就是小李的大女儿。她是来搜寻父亲因“失忆”错拿的别人家的报纸的（特别是《北京晚报》）。尽管我一再解释没有没有没有，但他从不理会，一头扎进来，话也不搭，进门就全屋子东找西找，找到了就抄走，没找到就下次再来。反正，全楼哪张报纸没了，她肯定第一个想来的就是我家，这一点，她并不糊涂，因为真糊涂的是俺老父。有时候我甚至发现，老父也并非完全糊涂——似乎有时他是故意拿别人家报纸的，理由是我家的《参考消息》上午也被别人抄走了。我于是，就十分“傻冒”地被夹在一个好像痴呆但时不时并不痴呆、一个貌似智障但有时并不智障的——“祖孙二人”之间了。那时候我甚至觉得，在他们两个只能用最最初级的语言交流的一老一小之间，我是个多余的“存在者”，因为对于他们二人来说，谁拿了报纸谁偷了报纸为什么多拿被哪家偷了谁先拿（偷）的谁后偷（拿）的似乎并不太关键，关键的只是把该拿回去的报纸拿回去就行，或者今天你拿我的明天我拿你的——这些他们二人都不“走心”。因为理论上讲他们的“心”都是不太健全不太完全的，但这种事在我，却无比的重要：“我爸‘偷’人家的东西！”尽管我一再地重申、告诫他不要再拿人家的报纸，我也采取例如见了就马上送回，回家时多买一份放到楼下那张摆放报纸的椅子上等补救的方法，但那种令我“非常不好意思”的事故还是一再地发生着。不过，好在其中的众多，已都被小李那个似乎啥事也都“不走脑子”的大女儿给“闷头解决”了——用她那种独特的动不动就闯进我家进行“大搜捕”的方式。感到好玩，我有时候会调动我的想象力，想象在那些我大多不在家的时候，老父亲和那个傻丫头是怎么单独地演练“一个敲门进入、一个支支吾吾被搜”的“静默场景”。要知道，他们两个目前的状况，加在一起才是一个健全的大脑！

了解以上这些，就能知道我在得知小女孩（其实她已经20岁了）变胖、变得要当妈妈的“喜讯”后，我应该感受到的“刺激”。我同样问了自己一般人都会问的那些问题，比如：“是谁、怎样让她怀上的孩子的？她正式结婚了没有？她自己能抚养孩子吗？她的孩子会是怎样的一个孩子？”等等，外加上：“我家的以后再多拿了《北京晚报》的话，俺该咋办呀？！”——这样一个“绝对与众不同”的问题。

29. 东北地摊大姐今天非常沮丧（2014年11月1日，星期六）

今天我从楼下摆地摊的那位大姐的地摊前路过的时候，发现她情绪十分低落。眼前的那1平方来米地摊也不见了，她把自己的“商店”挪到了“肯德基”一楼的窗台上，顺着窗台的边缘摆放了几副入冬手套——原来是在下周就要到来的APEC期间，我想，地摊被管得更严，她就只能在悬空处“开店”了。我意识到自己手中拎着一个“好利来”的洋点心袋子，就连忙想遮挡一下，因为平时她每见此类的“资产阶级”的奢侈品，都东北人般地笑骂说：“怎么，不过啦？！”那其中既有调笑我也夹带着多少的自我阿Q精神，但是今天，她就连说这个的心情和气力好像也没有。我这才知道，他们——这些长安街边上的做“东东西西”的零碎生意的小摊贩门，在“亚太经合”大会期间的生意会是多么的惨淡。

我又想到了本雅明笔下的巴黎的一个个“拱廊”以及刚得到诺贝尔文学奖的莫迪亚诺书中的那一条条巴黎诡异无比的“暗店街”们，倘若那些都是一个时期巴黎的“物质符号”的话，那么北京的物质符号不就是我家门口的这条十里长街（长安街）外加这条街周边的那些零零碎碎的大小生意人的“营生”吗？长安街就仿佛是一条象征北京这个城市乃至中国这个宏大无比的国家的主流河道，而河道周边的这些大大小小的营生以及经营着它们的人就是主流之外的支流，就是主流的江水激起来的波涛中间的泥沙和泡沫。那些小商小贩，就是大水奔流之下寄生着的鱼鳖虾蟹，就是主干之外的枝枝节节和边边角角，平日里，当这条大河中流着的大多是本地的平静之水的时候，他们那些借长安街之光生存着的小生意人——那些卖报的、倒卖百货店优惠卡的、支着私家车后备厢卖衣服的以及楼下这位东北大姐样摆地摊的——他们的日子，还算是勉勉强强甚至是红红火火，有时候还热热闹闹。但马上，当主河道的洪峰就要来了，当全世界半个地球的主宰者政治家们都要从主河道上乘船顺流而下了，可能的安全问题出现了，可能会有恐怖分子乘机捣乱，政府的安保措施提高加强了。于是在今后的一段特殊时间里，那些个“他们”，就只能分头做各种姿态的鸟兽般的逃离，就只能在年末前的本来就快要把下巴冻掉、本来就要再次进入冷酷的冬季的大街小巷中的四散和藏躲，或者像这位情绪猛然低落下来的大姐（大妈）样的，将自己的谋生地盘临时改造缩小。

全球时代滚滚潮流之下，而今只有顺之者存，何况这次来长安街的是潘基文、奥巴马、普京总统甚至还有安倍晋三那样的大人物们呢？

30. 卖报女人在太阳下打着盹（2014 年 11 月 5 日，星期三）

我今天再到“好利来”前面的那个报亭女睡觉的地方买报时，她已经不见了踪影。我前天去的时候，报亭没了，但她还在。起初我原以为她已经不在了，但仔细一看，她的确就坐在曾经那么大的、曾经摆满了花花绿绿的报刊却一夜间消失得无影无踪的报亭的原位上，她还在卖着报纸，但报纸是平放在一个平板车上面的，也就那么几张，路过时你还轻易发现不了。由于我已经从巷子的深处买过报了，我就对着那个中年的、满脸“老态”的卖报女说了声道歉的话，然后到“好利来”里取了一杯已经被冲泡好的“拿铁”咖啡，喝了后，像往常一样，我把读过的报纸“还”给她，叫她接着卖给别人。在别的报亭我经常那么做。几个月前，当我第一次把报还给她的时候，她刚来，满腹狐疑地看着我，就是不收，好像我在做着一件坏事。后来她收了，还用不大常见的笑容表示感谢。前天，当我又将从别处买的，已经读过的《环球时报》和《新京报》塞到坐在光秃秃的平板车前，“空守”着那为数可怜的几张报纸的那个卖报女的手中的时候，她并没有接，也没有说什么感谢的话，因为，她正在正午的阳光下打着一个往常从没见她打过的盹。

那是前天中午的事，今天再路过时，她，就彻底地从阳光下蒸发掉了。

第二章

隽文不朽——

2012~2014 年杂文集锦

1. 韩寒你要坚决挺住！（2012 年 1 月 27 日，星期五）

明天去澳门参加“第一届澳门作家节”——好像是“第一届”吧，反正对本人来讲，是第一届。

韩寒和方舟子闹得好不热闹，究竟韩寒是不是被代了笔？这无疑，是一件 2012 年最大的大是大非的事情之一：韩寒是 80 后的偶像和标志，假若 80 后的偶像和标志是被“代了笔”的话，那么，就好比大旗打错了，又好似佛龛被涂鸦了，那个时代出生的小孩子们肯定会崩溃的。你深信的——哪怕是前面加一个“曾”字，你曾信任过的，一旦有虚假的成分，那么，信的你，就会反观自己的信念、信任以及信仰。韩寒原本是“反伪”的旗手，反伪的被证了伪，无疑，是一种彻底的虚妄和虚无。

本人也是个耍笔杆子的——俺已经默默地耍了 400 余万字了。起先是用软毛笔、圆珠笔，之后是用电脑。这次去澳门，特地又带上了好久没用的软毛笔——我似乎也在防止什么时候被要求着“交代”。但出巨资自费出书的人，再是伪作、再是代笔的话，那么，他病得一定不轻。

本人极端地痛恨那些请代笔的“作者”——俺的确知道一两个人的“内幕”，但不能说，说了就是“诽谤”了，说了就成了“诬陷”了，因为那些人都是名人。当你看见——明明不是自己写的书，他们却对媒体大言不惭地说：“我写的这本书……”那时候，坐在台下的知情者以及代笔者都还在附和着笑，那无疑，是一种恶心。

作家本是为时代代笔的人，反而被人代了笔，哪怕是一个字都不能被宽恕，因为倘若一个百万字中的一个字是别人写的话，那么谁又能证明，还有没有第二个字、第二十字、第二十万个字——不是别人写的呢？作家的文章按常理说能改动的人，就有一个人，就是那本书的责任编辑。本人的书一般编辑的“代笔”方法也就有那么一种，就是删除、删除、再删除，可怜的原作者我在一边看了的心情可想而知，好比好好的豆腐被厨子一刀一刀再一刀地“割了肉”似的不落忍。

韩寒你坚决要挺住呀！因为无论结局咋样，世人对一个字的不信任，就会把信任像纸牌那样撂倒下去。本来一个赛车手就如同玩拳击的——干的是“硬活儿”，光会干硬活儿是成就不了神话的，韩寒神话是由于他能够左手把人打得鼻青脸肿，右手还能绣花似的写文章；而单能绣花的秀才——只是绣花，也并不是“奇迹”，奇迹是那人的另一只手，也能摆弄拳套，但假若硬功夫的人只能玩硬的，“软实力”的人只能玩软的，就变成了古代虎符中的一半或是造了假的青花瓷，结局就只能是在“去伪存真”节目主持人王刚的大“护宝锤”下粉身碎骨了。只听得啪的一声——一件好好的原本都认为“价值连城、奇货可居”的宝物，就会随着大锤的落下土崩瓦解，顺带着的是，一面对20世纪“80年代制造”的信任旗帜随风倒下。所以我认为韩寒无论如何——你一定要坚决挺住，不等让方舟子数到“10”，你就快从拳击台的地上摇晃着——爬将起来！

2. 澳门，你不只因“文”而不朽

（受邀参加第一届澳门“隽文不朽”文学节后即兴书写）

听说澳门除了赌场还有艳舞的舞娘，那，澳门莫不是一个舞娘般艳丽的城市？

当Macau大三巴牌楼下面的那回头一笑，成为隽永的时候，“文”便隽永了，“文”就凝固了，“文”就更“不朽”了。

“文”——真的会不朽吗？

10多年前，当“葡人”的“葡”和“仆人”的“仆”的发音——重合了的时候，华人便解脱、解放了。

即便，昨晚陆军俱乐部那次“最后的晚餐”——不再；即使，“文学”作为一个“节”的帷幕，也已经落下，但白葡萄酒的香和色仿佛没有散去，那杯盏碰撞时琐碎的“文言”，也留恋于空中。

“文”岂能如——酒精般轻松地飘散？

一个城市的微笑——你看到时最容易被感到的，不是在赌场的桌边，而是，在小巷的小餐厅的小餐桌上、是从“小人物”们的“小嘴”里小声地“嘻嘻”出来的……这，我注意到了；这，Macau随处可见。

Macau的真姓，我原以为并不真是我在北京的书桌上编纂出来的——“艺术”，但艺术除了可用作比喻澳门之外，对其他的都市，都是张冠李戴。

Macau的真姓，是“澳门”，更是“艺术”——如果你把“艺术”的本质，当成“宽松”“宽容”“宽裕”“宽慰”的话，那么，中国又哪有另外一个这么小小的都市，能如此大气地、胸襟博大地——承容下如此多的，原装、原发、原味、原始……元气没曾失散的——“文”的、“艺”的、“宗教”的元素呢？我不想没有，我会继续寻找，但我差不多已经判定了出来Macau她——没有！

“葡人”变“仆人”，再经过唾液（语言）、血液（婚姻）

的交流——把南欧人的“无所谓”殖入、植入、介入、传入、融入、加入——到这么遥远的一个亚洲小城，就如此成就了澳门：澳门是南部华人的“智”和他们的“文化仆人”南欧人的“智”的——一次几百年之间的婚配。

澳门人休闲，澳门人心闲，澳门人在休闲和散漫中——和“艺术”那个“舞娘”，在磨蹭着艳舞；磨蹭出来的，是把“咖啡”二字简化成了“啡”，还把本该早晨7点钟的起床，拖到了晚上的7点。（这里有点夸张）

假如澳门的飞机都散漫得老是“晚点“的话，是因为开飞机的澳门人老想着“晚点儿”吧！

澳门的小街区就像是真正、真实的“鸟巢”，在其中“隐居”着千只、万只、十几万只的“蜂鸟”，有南人语，更有南国的花香。那些看上去几乎“惨不忍睹”的民居中，我猜想——因为我不能不一一招呼进去，有欢爱、有嬉闹也有悲情，还有——“文化”，因为一不小心，那些小居舍中走出来的居民，就可以去天主教堂做礼拜，到奶奶庙去求香，到只写着一个“啡”字的咖啡室饮茶，而这，难道不是“艺术生活”四字的真谛？

澳门的文化如此的厚重，厚重得把人压抑、厚重得令人费解，厚重得让人恍惚——就因为它是原装的、原汁的、原生态的？

当你误入到深山中一片千年未有人进去过的丛林，当几百年前被一次自生自灭的山火烧尽了，又萌生了一大堆新枝桠的老树木按原模原样的姿态——摆放在你迟疑的“目下”的时候，你会被它们的不人工、不后天、不慌和不忙而困惑，而这，就是“原生”的澳门的文化。几百年的相容和相干无事、相妥协以及相思相慕——如此多样文化的，为南部的中国，偶然而意外地、不是故意不是经意地——保留下了一块原味的“文化甜点”：没错，Macau 是甜蜜蜜的，Macau 是香喷喷的，Macau 是妖艳、媚态和令人垂涎的，但无论她如何妖、如何艳，如何会调情甚至娼浪，她都洗不掉浑身的真诚和天然，而“Macau 小姐”之迷人，莫非也正在此处？

Macau 的不大，让她能避开第二、第三、第一百一千次的雷击而不受第二次山火的暴虐，而平稳、平庸、平静、平和地质保成一小块文化的“飞地”：飞，于战火，飞，于妒忌，飞，于关心和关切甚至关怀，飞——于从天而降的飞刀，但飞了如此之久，她还“飞”在原地。

Macau 是一个文化的奇迹，当“奇迹”二字，可以用“平庸”、“无为”置换的时候。

澳门很狭小，但澳门却无穷大，澳门无边。澳门是立体的、多棱的，是丰厚的，是原始森林烧焦后几百年未有“人迹”，或是在亿万众人眼皮下偷藏着的一块文化的——未被有毒化肥侵染的沃土和真正的“湿地”，而那盛装湿地泥土的盆，就是丛林般小的像鸟巢燕窝的澳门百姓的小家，而 Macau 小姐，就是小家出来的“碧玉”。

当陆军俱乐部变成了吃“文学最后一顿饭”的场所的时候，“战争”已结束，“和平”到来了；当“文”——“隽永”和“不朽”得需要用“节日”在大赌场中庆贺的时候，似乎“文学”也真的再生了，但“文”——岂止只在“文”字里面呢？文艺在楼堂，在馆所，在大街和小巷，也在老虎机的“哐哐哐”声中顽固地存在，因此，Macau 的文艺即使不用在赌场的旁边被开幕、被庆祝、被报道、被欢天喜地地渲染，也同样不朽、同样伟大、同样永久，假若你不有意地对她破坏：不碰、不摸、不主动、不刻意，在暗灯下观赏着“文化舞娘”的人才是保护艺术的神。

但毕竟是密集庆贺过了，“第一届澳门文学节”也已经被隆重地宣布“成功啦！”，于是，Macau 她的美从里到外的，深入骨髓和全身各个细节乃至神经末梢的 Beauty，就更“艳”了，就更出奇地青春焕发了，就像未婚未育未被“临幸”的圣母玛利亚和女娲一样地在大三巴南欧风情的如蚁的人流中，Macau 她那一次水晶的回眸——不朽了澳门的美丽。

2012 年 2 月 3 日中午，速写于澳门银河酒店。当晚回京。

3.特别“二”的今天、昨天以及前天（2012 年 2 月 12 日，星期日）

今天——2012 年 2 月 12 日，既是个非常“二”的日子，也是紫竹院冰场的“封冰日”，本人拎着打狗棍一样的球杆，去打这个“赛季”的“告别赛”。没大人玩，只有四个小孩子，三男一女，于是，我的黑色的冰球，就把他们的裤裆当成了四下移动的球门。孩子们没有球杆，他们是在冰上打着滚捉球取胜的。一个孩子抓着球后大喊：“呀，冰球是轮胎做的！”这，绝对是“今天”的故事。

今天还是 48 岁的美国歌坛天后 Whitney Houston（惠特尼·休斯顿）“走”了的日子——就在这连续了四个“2”的日子里。她的歌我现场听过，是在开亚运会的那个十分破旧的“奥体中心”、在大约 2004 年夏天的一个炎热的晚上。记得因为我的票太便宜了，只是从特别远的地方看到了她那张大屏幕上的“现场的脸”；那还是斜着看到的。那个小小的台上的黑色的影子唱了《保镖》(*Body Guard*) 中的主题曲，那可是绝对的真唱，因为她那种嗓子假如“假唱”了，“真”的就会把“假”的压过去。由于是 2004 年，那个夏日的歌声激昂的晚上就应该是“昨天”了。

还有“前天”的。82 岁的已经记性不好的老父今天在一本记录了不知是什么故事的老书中，发现了我 20 世纪 70 年代在北京三里河四小、北京二一四中学、月坛中学、北京第十三中学分头获得的若干张奖状。像出土了文物似的，家人都甚是吃惊。随便抄几条上面的内容，你也会觉得那个时代的“二”，比如：

齐一民同学：一九七四年下半年被评为优秀红小兵战士，特此表扬。（三里河四小“红小兵团”；1974 年 11 月）

齐一民同学：本学期，认真学习无产阶级理论，在教育革命大辩论中表现积极，予以表扬。（北京二一四中学革命委员会；1976 年 1 月 24 日）

齐一民同学：在反击右倾翻案风的斗争中，认真执行毛主席的“五七”指示，积极参加学工劳动，虚心接受工人阶级再教育，被评为积极分子，特此表扬。（北京二一四中革命委员会；1976 年 4 月 28 日）

这些都无疑是今天发现的——“前天”的故事。

总之，今天除了不是周二，其他的所有都挺“二”的。

4. 想搞“顶层设计”要先站到房子外面——“小民”戏说国事（2012年3月9日，星期五）

原本发誓从今年开始就不再写那些“小咸鱼”似的随笔来着，第一是我马上就要50岁了，50岁的人虽然都不会自动地就知道天命是什么——有人都100多了还不知道呢，但50岁的人是知道什么能“变”和什么不能“变”的；第二是我自认为在从2007年起写的那些“东西”中，我已经把关于这个世界——包括这个城市、这个国家、这个地球上的事情都写得非常透彻了，再写就是重复；第三是由于即使写了，也没什么人读了——或许他们是因为读过了就不用再读了；第四是我正在以每天1 000个汉字的速度，写着我那本已经积累了近16万字的“博士论文”，身心整天在19~20世纪初的日本和16~17世纪的语言变革的历史里浸泡；第五是黑格尔在《美学》中将音乐作为所有艺术的最高阶段——因为音乐是唯一看不见摸不着的艺术，所以，我发誓自己的最后一本书——它将是和音乐有关的。至于第六个我不再想关心“云端下之事”的理由，是既然写了书，就好歹想把它们出版，而对于我来说出版是要花真金白银的，而且即使花了钱，去年我和两个出版社签的两本书的约至今还在像“房产税”“公车”“三公消费”以及“公务员的退休金为什么比企业的多两倍呀？”等百年老问题一样，“酝酿”以及“难产”之中。

人大和政协正在轰轰烈烈地开着，我家边上的“职工之家”就住着许多人大代表。今天傍晚我目击到一个胸前挂着一个血红色的牌子的“人大代表”从那里挺胸抬头走出然后钻进一辆豪华轿车——这顿时致使本来就高血压的我心跳过速和激动不已——

俺竟然真切地见到了一个“活生生”的人民代表！哇塞。我那么的幸福。我问另一个旁观者他去干什么？他说他可能是去吃饭。我就想：“他一定是去代表人民吃饭！”

“人大代表”从比例上说应该是“稀有动物”——据说67万人里面才出来一个。因此我晚上见到的那个，一定是67万人中最具代表性的那个，兴许还代表了没有退休金的我。这使我感到十分的相形见绌。

现在的语汇进步贼快，比如有“保护性拆除”一说，也有“顶层设计”一说，不过，你把那些说法倒过来看就显得非常的滑稽，它们就变成“拆除性保护”以及“设计顶层”了。问题是由谁来设计那个“顶层”呢？我看能把吾国与吾民从“房顶”的高度先鸟瞰、再正视斜视，然后再重新设计。设计的人100年来也就那么三四个，比如孙文、比如毛泽东、比如邓小平也——邓小平你甭看他个子不高，但他几乎不用垫脚就能从半空看到咱们这个国家的房顶子。设计顶层的“路子”其实只有一个，就是你要能爬到那个“房顶”的外面去，你要没有太大的私心，你要比较的“无我”，你要豁得出去和豁得出来，你还要多多知道这个民族和国家的“天命”——你要有“超五十”的心态才成。如此说来，那些甭管是人大还是政协的说“公务员的退休金比自己高的”以及那些被说“高了”的，都还在“顶棚”里面说事呢，都没有跳到“大公无私”的层面，都还在二楼、三楼里“狂热跳高”，因为你想呀，全国那些压根儿就什么都没有的——没有退休金、没有这补那补的——像俺这样的“人民”还有几亿人呢！因此，所谓的“跳出楼顶设计楼顶”，其实是要投入到无边广阔的“劳苦大众”中去，用“千里眼”“菩萨心”和无任何遮拦的喜怒和哀乐去从政去议政，哪怕不是出于本愿而是被制度逼着干的，而这恐怕要有一种全新的“游戏方法”，要能把所有人都先“轰出大房子”，先从远处看看房子的顶子长啥样子，而这些，我想就俺这个半生不熟的50岁的人——是死活也见不到了，因此，我就去死心塌地地去研究16~19世纪的语言和音乐了。

外加认真学习俄语。

5. 弗拉基米尔老师说他喜欢普京总统的老婆（2012年3月11日，星期日）

弗拉基米尔老师是我这一生第一个用俄语“交谈”的俄罗斯人，刚才用了个双引号，是因为他和那个会俄语的女士说了一个小时，我呢，只说了两分钟——我现在的俄语单词全部都用上也只能说两分钟的话，除非我把一个单词连续不停地重复。但令我自己都佩服自己的，全算上，我只学过100多个课时的俄语，但我竟然听懂了弗拉基米尔老师和那个中国女士用正常或者比正常更加快一点语速的任意聊天——他似乎一见到女人就说话特快——内容的绝大部分。乌拉！我终于征服了俄语！

刚才的那段故事是下午发生在俄罗斯使馆附近的“俄罗斯文化”中心的，是我从上午在“银座”上完俄语课后赶去后发生的。原本说是有一个关于“三八节”的俄语讲座，没想到才去了两个学生，我，一个不会说俄语的，另外一个名叫“圆圆”的在黑龙江大学专业学过俄语并去过俄罗斯的女士。我本想赶紧逃避，但弗利基米尔老师从楼上下来，那么热情地让我们到楼上去，我于是，就意外地发现自己能听懂他说的所有的话的意思，他们继续说着，我继续听，他仿佛在故意应用我1996年在加拿大麦吉尔大学夜校和2007年在北京语言大学夜校里学过的所有的单词在说着话，这，就愣让我能把他的话听懂了，还理解了。他问“你听懂了吗？”“达！”——我回答。我发觉虽然我只会说那个“达”，但自己已经创造了一个新的吉尼斯纪录，就是才学过100多个小时的俄语就能“不怵”母语人的长篇对话，这和上个月本人在“澳门文学节”上创下的那个从没听过葡萄牙文的对话却能将澳门那些政府官员在宴会上用葡语发言的内容——虽然只限于那些“官话”全部听懂的“齐一民纪录”等同。

用听得懂俄语的耳朵和俄国人近距离接触真挺有意思的。眼前的这位莫斯科师范大学来的弗拉基米尔教授——你瞧，多么的像契诃夫和别林斯基以及陀思妥耶夫斯基：他在“圆圆”女士面前那么的容易冲动，但他绝对有俄罗斯人的幽默和知识分子的豁达——那些从前都是小说里看的，比如，明明他周六的课只有一个学生听——楼下的“中国大叔”告诉我的，但当你问他他有多少学生时，他先是一犹豫，然后一张口：“50个！……不过，但有时一个也不来。”还有，我问他喜欢不喜欢刚刚再次当选的普京总统——普京也叫“弗拉基米尔”，他的回答，你猜，竟是：“我更喜欢他的老婆！”

6. 几种异样的老年生活模式探索之一——学第10种语言的窍门（2012年3月17日，星期六）

我无意中在探索着几种错综复杂的老年生活模式，并尽量把它们给整合起来，这其中包括：老年学新的外语、老年写博士论文以及老年出书。

我一贯以为语言是人类思维和智力的边界和疆界，也就是说，语言跑到哪儿，脑子就跑到哪儿。比如我首先跟着日语跑到了日本，在那儿顺便捡了一门英语。然后就跟着英语跑到了北美，在那里顺便捡了一门法语。然后，就跟着英语、法语跑到了欧洲。在欧洲的天空和大地嗅觉到了意大利语、德语等，之后，就又沿着汉语的路跑回国来了。不知道这一轮的俄语又会把我带向何方——可能是塔吉克斯坦和阿塞拜疆以及车臣之类的吧。我计划在“搞定”俄语之后，然后再尝试最后的一门语言——阿拉伯语，之后呢，我就可能初步具备“上帝的视野”了，因为我坚信当上帝（老天爷）给人类安装头脑的时候，颅骨之类的都是硬件，只有语言是软件；要想真切地理解一个民族的所思所想以及艺术，仅凭借翻译过来的“东东”、不匹配鲜活的语言的基本技能，都只是隔靴搔痒，还有只有将人类的最大范围内通用的一切语言都配备齐全之后，那人才初步戴上了一副能够整合全人类思维的“超级软件”。

当一个人的大脑接受第10种语言的时候，你的脑子里已经是“沟壑万千”了，你尽可以放开地将那些“备品备件”转移到下一种语言上面。最有用的是那些来自不同语言的我把它们叫作

“音素集成块”的家伙，因为你已经熟悉它们了，比如“麦当劳”就是已经植入中国人思维的“外来音素集成块”，熟悉了它之后，你再接着用它接受美国歌星“麦当娜”名字的发音，容易得就只是将汉堡包置换成了小女子而已，轻车熟路也。因此，当我用来自那么多七零八碎的语言中的“音素集成块”去猜测、“监听”俄罗斯人普京的讲话时，我其实已经是半个“俄语通”了，因为俄语中有几万个潜伏的法语词汇——拿破仑带去的，英语词汇——美帝国主义带去的，我先把它们用耳朵识别、“破译”出来，然后再将那些剩下的像黑面包一样索然无味的真正“老俄语”的词组的发音，尽量往脑子里储存的千个万个不同语种“音素集成块”上靠拢、拉近乎，比如俄语的“昨天”的发音极其像法语的“明天”的发音，我只要记住两个相反就够了，这样，我就又排除了一大批“地雷”。还有就是语法。俄语的语法和英文相比简直就是恶作剧和故意刁难，上课时那些小同学在老师的带领下一个个牢记哪个词是阴性阳性、哪个词是第三人称、哪个词是复数、哪个词是一格、二格直至六格……（好像有八格哩！），老汉我哪有那个记忆呀，那么记的话等俺学会俄语起码要到八十岁……之后是老年痴呆基因发作……我于是就对老师说：“您就甭教我了，我正练习书写字母呢！”

我一贯藐视语法。语言一定是先语法而存在的。我压根儿就不信俄国人的婴儿在出生后需要先弄明白什么是被动语态、是第二格还是第五格、是阴性还是阳性之后——再“哇”的一声叫爸喊妈！

虽然不屑不会准确应用却也有便利之处，欧洲语言的语法体系是怎么回事我大都知道，所以我可以随意把其他语种的体系借用到俄语中，这就大大减少了学习时的陌生感。于是，我这样的人学习或许是世界上语法最难的俄语时——我刚刚意识和总结到的——会出现这样的一些奇特的“景观”：第一，我能从最后一课倒着往前学，可以随便插班。也就是说，我都能看复杂的文章，能听懂俄国人讲话的大意了，但个别俄语字母还不认识呢。第二，时学实用，学一句话用一句话。我把课堂上听课和通过视频看普京当选总统后眼泪巴叉的感言，戈尔巴乔夫 1991 年政变时的回忆，列宁、斯大林在十月革命、二战“斯大林格勒保卫战”时下达命令时说的话——结合起来听，外加看俄语的综艺视频节目，听俄罗斯音乐节，到北京俄罗斯文化中心去参加活动……这样，就好比是一个具备新时代、新思维的老狗熊掰棒子：俺掰一个吃一个，俺压根儿不朝地上丢，同时俺还是百分百的机会主义、实用主义、唯利是图主义、不走形式主义、不计功利主义甚至简直就是哑巴学北极熊说话——只会听不会说；总之，我这是老年人用婴儿的法子学习语言！

7. 写老年人博士论文的情趣（2012 年 3 月 22 日，星期四）

人活一世，在于活上一个“前无古人”，外加体验上一些“鲜为人知”的乐子。前日读已故北京人王世襄的书，发现他真是个大玩主，居然能把蟋蟀呀、鸽子呀、狗呀什么的玩到那种“神”的境界。王世襄按说也算是俺的师兄，毕业于燕京大学的中文系，俺哩，不能玩什么鸽子了——而今在京城信鸽已经禁飞了，而今京城的上空能飞的就是10年一国庆的预警机、轰炸机什么的了；俺也玩不了蛐蛐了，眼下的蛐蛐的窝也都被强行拆迁了，于是我只有玩玩纸上的字眼什么的，而目下，就是写那本明年预期完成的老年博士论文。

我2008年入学的时候，北大中文系除了我这个当时46岁的老年人之外，还有一个更老的，名字叫查良镛，他的名字，也在北大中文系百年系庆的名簿里藏着，不过，他的笔名是“金庸”。金庸同学从来没来上过课，所以我齐一民还是那个最老的博士生。即便是金庸，假如他不写毕业论文也毕不了业，他选择论文题目的话，我猜也是《金庸小说写作心理密探》之类的。

老年人读博士按说是个国际惯例，2007年我在语言大学学生办公室工作的时候，一个我们系的老年美籍教师——有一些瘸的老丹尼就非常神秘地对我说，他来华教书前夏威夷大学偏让他读Ph.D（博士）来着。丹尼当时就60多岁了，他说得很认真。我心想你读了博士又能怎样，还能变得年轻，能治早期老年痴呆？后来也就是去年丹尼在北京不幸病逝了。我就想假如当年他留在夏威夷大学攻读博士的话，由于有毕业论文的长长的“念想”，他或许死不了这般的早。前年我在日本金泽大学也遇到了几个“老年博士”，也都我这个岁数，不过那几个都是家庭主妇。

如此说来中国的博士都年龄偏低，而在都偏低的年龄的同学群体中我的岁数又偏高。不过，去年老齐我还是“勇夺”了一次北京大学“五四好学生奖”。那个奖是在实在没有任何别人够条件的情况下——别人全都出国了——被我“勇夺”的。我不好意思去取，就让小同学冒名顶替。我猜想发奖的老师假如真的见了跑上台领奖的真实的我，会非常客气地说："校领导，您咋还亲自来颁奖呀！"整不好台下还掌声响起。

本来，从字数上说我的论文现在就够了。这我是前些日参加两个同学的论文"预答辩"时才知道的。但我还是要求延期一年，在第五年上完成。我担心这份工作做完了，从此就真的退休：我是把写论文当工作做的。其他的小同学在博士的最后一年的心思，不能都在论文上面，另一半是找工作、就业。这年景就业并不是真不容易，真不容易的是找那些好的工作——比如进垄断企业什么的，因此他们要花大半年——在我写论文的时候——去敲那些垄断企业的被垄断了的大门。所以你在北大校园里见到的那些系着领带、穿着高跟鞋的学生，他们都是去匆忙面试的。曾有一个女同学取笑一个男同学，说他整天穿着那身"唯一套的"西服在校园内外游荡。我呢，我所有穿过的西服都已经穿不进去了——胖的，而且，假如我站在"校园招聘会"上，别人都会朝我怀里塞简历吧。哦，怪不得前些日中文系学工办的老师给每个人发了一份"毕业后去向表"，我一看上面就没有我的名字。俺这辈子的"去向表"都已经被填满了——被岁月，唯一的一行空行，或许就是"北大博士"。所以说我写完论文的"去向"，就是"退休"，因此，我死活得把写论文的时间朝后延长一年不成。

8. 繁体字——中华文字的魂灵（2012 年 5 月 20 日，星期日）

上周五台湾宗青出版社的蒋先生发来了本人《谁出卖的西湖》的繁体字版的样章。当繁体字和西湖山水的图样在电脑上徐徐展开的时候，我仿佛又看到了汉字文化的魂灵。

下周就能从原子能出版社取回那本《四十而大惑》，于是，耗时将近一年之久的“齐天大重返书架”工程的第一个项目终于要落成了。随之的，就是后续的10多个“项目”，10多本新书。试想，当那些书店玩命想卖也卖不掉的“齐天大的书”在中国大陆各地和台湾以及海外的书架上死皮赖脸地待着的时候——那恰恰是我的意图，“天大品牌”打造工程也应该有了端倪——倘若人，也能被视为“品牌”的话。

下午到家边上的“首博”计划外地看到了一些王刚在“去伪存真”节目中砸的稀烂的“赝品”的残骸，它们被和那些“真品”一起陈列着，有些警示世人和杀一儆百的作用。看着那些被王刚摧毁的公元2012年6月前制作的“当代文物”的惨烈的残渣，我不禁想：第一，100年后，难道它们不就是真的文物？做一个“假花瓶”，劳动人民是要费尽功夫的，王刚抡锤的时候想过吗？第二，难道这些被打砸了的“假文物”中，就没有一个是真的？

小河边正在继续地被“大修”着，因此，张师傅的“太极班子”已经散伙多日了。我每周早晨都沿着河边忽快忽慢地跑上几趟，我在寻找着师傅的踪迹。但张师傅还是不知道在哪儿打拳——打着是肯定的。偶尔和剩下的那个“猴急脾气”的最近已经身着“功夫服”的六十开外的“师兄”比画几下子棍子和拳，但他刚打了没几下子就面红耳赤地帮边上的一群老太太打架去了——楼里的公司保安说那些就着音乐跳舞的老太太妨碍他们上班。我想，张师傅如果在的话就绝对不会分心去打架的——在他练那些拳、扇子以及剑的时候是万分的严肃的，绝对目中无人，连正眼都不看你。他的笑容只有最后收势好一阵子之后，才缓慢地回到脸上，像是慢镜头下开花的老铁树花。

昨天去东直门“邦杰学校”交“俄语外教口语”的1000元。第一堂课老师就没来，说是病了。整上来一个教意大利语的意大利女老师，她是教“一对一”的，碰巧她的学生也没来——说是路上出了车祸。祸果然不单行。她给我们做了意大利语的示范，问我们学不学。我说我本来就会。还碰到一个旁听的“老兄”，44岁了还考北大法学院的博士，今年其他科目都得第一，就俄语得了差一分的49分，因此需要补一年的俄语听力。明年他还只能再考一年，要不就过了北大45岁的“杠杠”了。我对他说我当年（2008年）也像他的年龄考北大但考上了，英语就比分数线多出了6分，因此我才有了这么多的写论文和明年非要毕业的苦恼。今天去“邦杰”之前我对老伴儿说：“不知还有没有昨天那样的运气，能碰到一个死活都想考北大、就剩一年和就差一分就没考上的人。”得罪了，祝他明年考上。

学俄语除了能推迟“老年痴呆”——我在澳门的英语电视上也这么说过，有时也能学出个“臭虫”。我为了学俄语，就常到“俄罗斯文化中心”去听免费的音乐会，会上老见到一个拉大提琴的长头发俄国青年，前些天在国家大剧院看王健拉大提琴时，我还想到了他——我想到中国人的确比俄国人更有拉提琴的天赋，但是，前些天我在报纸和各大网站上又见了他的照片——他突然变成全世界的“名人”了，因为他在动车上把脚跷在前排的座位上以及用中文、俄语辱骂中国女同胞，他刚被北京交响乐团开除了。

你说北京这片林子不太大吧。

刚才在“永和豆浆”中看汪曾祺的几个后人写“老爷子”的书，身后还传来了一个操着和《编辑部的故事》中葛玲一样的京腔的女孩儿哭着数落她的、一定是个外地的男友的话，非常有趣，将其记录之。原话是这样的：

“就说你吧，你工资低，你没房，我还要贴你，你长得又丑，你个子还不高——光这些也就罢了，你还那么好色，你把本来该给我的钱都给了别的女孩儿了……呜呜……”她男朋友听了，边挤着脸笑边哄着她。

还有对面几个人说的话也非常好玩，也是不想听非往我耳朵里灌的：

“我们那儿有一个女经理，姓‘南’，所以大家就管她叫‘南经理’……”

我人还没到五十，就先“耳顺”了。

9. 明天，女儿要高考了！（2012年6月6日，星期三）

明天女儿高考，本来不那么紧张，但当80多岁的老父亲第二次在同一个今天的晚上，追逐着女儿说“天天，明天你可千万别紧张呀”的时候，我们这“一主二仆”的高考家庭的空气，就开始真正地紧张起来了。

高考是中国的第五大发明，我32年没经历了，尤其是从来没经历过当“考生家长”的我们，就好比偌大中国960万平方公里国土上受着类似煎熬的稀粥，咕嘟咕嘟着熬到了今天晚上，而明天，我们一家人就要手拉着手地奔赴考场！连来北京参加“上合峰会”的从8个国家来的“首脑”们明天都要为咱们伟大的“高考”让路，都要晚开半个小时的会；我想在明天的会上当俄罗斯总统普京问胡主席：“阁下，我能发言了吗？”的时候，胡主席肯定会先认真看表，然后说：“慢一点，先等英语的听力放完之后，你再用俄语说话吧！”

减压的方法比较多，比如我下午到玉渊潭的东湖游泳，那湖底的地铁已经修好了，我从地铁上面游过去的时候，差点儿被水下地铁行走的气浪冲走；再比如减压的方法是读没用的书，我晚上到“百盛购物中心”的书摊儿上买了一本据说10年都没写小说的“王者归来”的马原的新作《牛鬼蛇神》，把它带到“永和豆浆”里去看。《牛鬼蛇神》说的是“文革”的故事，我想要是那时候“红卫兵”们在接受毛主席接见之前都能到“永和豆浆”来喝上一杯的话，那么，“牛鬼”和“蛇神”们，就能不那么饥饿、也就不是“饿鬼”了。哦，说到蛇，前些天有个北京的“动物人道主义者”带着几千条蛇到河北一个地方去放生，结果把河北人搞惨了，甚至对那些蛇用哭腔说：“求求你们，放我们的生吧！”我对老伴说：“哪天我也弄两只大老虎——非常饥饿的那种，到河北去放生去吧！”

总之，高考前一定要用一些比较荒唐的行为方式、要幻想出一些子虚乌有的怪事——为自己和家人减压，还要做一些看起来非常无聊的事情来，其目的就有一个，就是“谋杀时间”（kill the time），就是一刻钟一刻钟地朝全国人民用“爱心、爱车、爱名校”等带“爱”的字眼编织起来的“高考之网”的网眼里做最后的钻营，就是夜里别出声、白天别瞌睡，就是要把书读到天昏地暗，就是踩考点、订高考房、吃高考餐，而我上星期去踩的

“点”——女儿要考试的地方，恰是我32年前参加高考前就读的中学——北京十三中，也就是说，老爸当年从那个贝勒府好容易懵懵懂懂地走出来了，女儿明天又要朝那个贝勒府飒爽英姿地走进去。

30年过后，却不是一条好汉！

呵呵。

10.Paul的“有小惊无大险的”送别会（2012年6月19日，星期二）

昨天，我在北语成功地为因癌症要离开北京的老友Paul策划了一个小型的送别会，也算是为老友圆了一个心意。原本是“民间”的那个会，最后变成官方的了——学院的书记和副院长都出席了，而且，他得到了他唯一想得到的那个小小的照相机。

饭是每天都要吃的，但饭和饭的意义有时候却截然不同。为在一起共事了8年之久的同事吃一次正式的告别饭，或许那每一筷子下去，夹上来的都是一段子往事的追忆。本人的职业生涯要说也有20多年了，这种关键的饭是每次都必须吃的，值得纪念的有在加拿大蒙特利尔和原籍委内瑞拉同事Raul吃的那顿同事了4年后的“告别饭”——由于他是跳槽、是公司的“叛臣”，所以我们二人大摇大摆地面对面迎着公司老板的面去吃饭的时候，对他算是“解放饭”，对我都能被当做是对公司的“宣战饭”。但我们的那顿饭吃得开开心心，因为有人敢和他吃最后的午餐——哪怕只有那么一个，也算是对Raul对自己4年效力于一个集体的肯定。时隔快20年后，我为Paul张罗的这顿饭的意义就更大了，这无疑是他和为之“奉献”了8年零2个月的最后一个职业场所的“诀别饭”了，因此，他一遍遍地同我核对他邀请的“老同事”的名单——由于只能有12个座席，所以他必须取，也必须舍，最后我们凑齐了13个人——比预计的多了，是整整一桌的“最后的午餐”的人数，我对他说，如果真是13个人的话，那么你是耶稣，我是那个犹大吧。

Paul在席间有一句话，在场的可能没能真正地领会，他说：“I am in debt.”（我现在是负债之人）。因为他真的是没钱了——完全失去了工作能力的他从此要踏上一条经济上的穷愁潦倒的落叶归根之路，他给那么多的钱为小他近30岁的菲律宾的爱人买房子，那个爱人还领养了一个被遗弃的小孩儿，而最近那个小孩据说因为领养者没有经济能力了，要被政府收回孤儿院，他因之痛苦万分并一再追加寄钱。他在北语像小时工似的每周教那么多小时英文攒下来的积蓄，我估摸着，能在三个月后把他用客机而不是用运输机“运回到”澳洲，就已经不错了。而他在澳洲之外那么多年没有向澳洲纳税，澳洲政府给他的养老金如果勉强够他吃喝，也就要感谢上帝了。我于是想到了两千年前的那个孔老夫子——我一直管保罗叫“澳洲孔夫子”——也是周游列国、传教说道之后，最终穷愁潦倒，最后被几个所剩不多的弟子用一辆老牛车，咯咯吱吱地运回他的老家鲁国的。

保罗在精神上绝对是个强者，昨天回家的路上，我还和另外一位老师说起过他的品格，我们都一致认为他是个世界上绝对罕见的“完人”和“智者”——这，不得不感谢他就读过的那个举世闻名的“牛津大学”：保罗是个好人，但他绝不是个迂人，保罗对世间的一切人情世故了如指掌，凡事都能用智者的技巧玩弄于他的股掌；他洞悉一切人生的“窍门”却从不将之点破，从不利用自己的“洞察”而牟利，这甚至包括对他的那个菲律宾的“小爱人”，他们之间到底爱还是不爱外人无法判断，但他那般飞蛾扑火似的给小爱人当“海外义工”并把自己搞得一身“饥荒”，凭他对人性的彻悟，我不相信只用他信奉的天主教的“无私奉献精神”就能够说通的。我觉得他是用明白人的心，故意做了糊涂的事。

但这并不妨碍他从学院通过我“要了”一个小照相机，当然，他先是送给学院了一份厚礼、一个大理石的工艺品，但凭他的精神上的“精通”，厚着脸皮为向他奉献了那么许久的一个单位索取一点并不大的物质性的东西——他对我说：“向人要礼物是件难为情的事情，但假如学院想送我什么礼物的话，我就想要一个小相机，但你不要主动提这件事。”也是说到底了的无可奈何和无计可施以及最不情之请，于是，我就也和同事们配合着——为他了了那个最后的奢望。

Paul下周一早晨就要踏上趔趄的归根之路了，等待着他的，是一连串的“医学动作”——比如手术、化疗、放疗之类。他从始至终极力掩饰着这些给他带来的痛苦——也包括上个月我们和他吃饭时突然因呼吸困难痛苦万分的时候，我们将他搀回了宿舍——他稍微好转了就连说上帝的笑话。那之后，他最先是告诉我取消昨天的“送别会”来着，说担心万一大家都开心着，他再次犯病会扫了大家兴致，我说过两周再决定开还是不开吧。昨天我也实在担心来着——当看他脸上一朵阴云拂过，但最终我们的

“告别会”还是以“顺利”和“热情洋溢”的格调以及有个别老师“泪眼汪汪”而圆满地结束了。

望着他骑着小电动车远去，一位年轻的同事怅然地问我：“不是说好人能有好报吗？这句话为什么在他身上没有体现？”

…………

11. 雍和宫的那一路乞丐（2012年7月4日，星期三）

这篇文章之后本人所有写的东西，就都算是年过半百之后的“语录”了。50岁其实是很有意思的年纪。假若将人的一辈子像西瓜那般地切为两半的话，那么，50岁前的一半，肯定是大的一半，那一刀切得准一些，则“五十后”的那半个瓜，还好歹是半个瓜；倘若切歪了的话——就像我一贯地那样，“五十后”的那半个瓜——人生的，也就是一小块，或者是离了歪斜的，再或者压根儿就是块西瓜皮而已。日本人说过一句话：“人生五十”，也就是说，一般人也就能、也就会、也只能活到五十，而且即使你使用真的例子分析，有那么多的人——在人类的历史上，是没活过50岁的。先比如那些上过战场的人吧：上过战场的人能活过50岁的，不是逃兵，就是将军，要不就是伙夫；还有那些因为了各种的技术问题没活过五十的，比如科学还没发达的那个时候出生的人吧，那时候人的平均寿命也就是40多岁，对了，好像“解放前”中国人的平均寿命就是40多岁，而人类一下子都奔90岁、100岁甚至两三百岁地活——也就是这十几年的事情……要不为什么咱们国家的“社保部”这两个月突然大叫“养老金不够啦”呢？

我说来说去，是想说都50岁了，本人还能不痛不痒甚至还不那么问心有愧地活得活灵活现和活得活蹦乱跳的——我一要感谢党——至少党没让我现在搞地下工作而“夭折”什么的；二要感谢科学家们：虽然科学家们发明了那么多有毒的食品添加剂之类的，但至少他们更发明了能对抗食品添加剂的解药；三要感谢父母：他们没把我这样的人生在日本人侵略时期、生在清朝统治时期，或者一千年前人的平均寿命还不到20岁的那么长的“史前时期”，也没把我生在两百年之后的地球上，那时候地球上或许已经或者马上就要被核废料塞满了、人类已经没水、没油、甚至没哪怕是一小块“净土”了，而一般人又买不起能到“木星”移民的“神1000号飞船”的机票……

为了感谢那么多的人以及大时代，我实在想不出什么更好的地方了，就去了平时没什么大兴趣的雍和宫。不巧昨天的雍和宫人满为患，据说是因为是农历的“十五”，所以去向上苍致谢的人特别的多，尤其是在还没到门口的那几百米的路上——那一路上尽是乞丐。有一个乞丐并不可怕，但当乞丐似乎都比不是乞丐的人还多的时候，你的心——或许是已经五十的原因吧，就开始“拔凉”甚至犯怵了起来，因为他们有没一条胳臂的，有身子被烧焦了的，有没腿的，有蜷缩成一团儿的……我一路躲闪着那些乞丐，我还思想着为什么他们不到王府井大街，而是到雍和宫来；我仿佛已经看到了地狱的真实的模样，以及“佛”的存在的本来的必要。

能看得懂佛经的人本来就不多，我想着——当我在那些像上班样十分专业匆忙地烧香拜佛的人丛中愉快地读着几本刚免费取来的佛经的时候，那些经，比如《大藏经》《无量寿经》，你隔着几千年读它们的感觉，就如同读着一本本古典小说，其中与人寿有关的是："我作佛时。寿命无量。国中声闻天人无数。"那时候人的寿命平均还不到50岁，哪来个什么"寿命无量"呢？

嘻嘻！

12. 谁出卖了紫竹院的"龙眼"？（2012年7月14日，星期六）

前天到我的"老根据地"紫竹院公园去散步的时候，冷然地发现园中那个原本是最最核心地段的湖泊上最最耀眼的地段上的那个亭子——早先的，现在竟然摇身一变，变成了一个叫什么"月儿"的私有餐馆，而且，那个餐馆是不对外的，要预约才能吃饭，这显然是另外一起公园被管公园的"私自出卖"的案例。之所以称它这类的行为为"案例"，是因为这是一桩再显然不过的出卖公共园地的案子。

紫竹院的这边湖和这边上的亭子，就像是公园这个"龙"——就暂且叫她"龙"吧——上面的"龙眼"，而把这个"眼"转租给了私人，那就如同把紫禁城的太和殿上的龙椅给租出去了，那么所有去故宫参观的人到了太和殿就只能看殿堂里的大柱子了。这种事情在北京的公园中时有发生，比如在龙潭湖：龙潭湖湖心最佳的一片建筑——象征龙潭湖的，早就变成了私人会所。

我不得不怀疑北京某些公园的管理人都有一种冲动，就是把所有被他们经管的公共园子的最好的那个"所在"，非要当成一盆连带了小孩子的水——一股脑地泼出，用另一种说法，就是管什么的就喜欢出卖什么：管公园的出卖公园，管地皮的出卖地皮，管垃圾的出卖垃圾，管学校的出卖入学指标，管灵魂的——出卖灵魂，更有甚者，就连本来不该管的空气，在有的地方，“管理者”也想收费！

这个北京市民几十年来随便就能上去的紫竹院最核心的亭子，是去年才开始被“重新打造”的。打造的过程极其漫长，从盛夏到严冬，我每次去，都见人在被围着的工地上懒驴推磨似的敲敲打打的。围墙上还写着一条安慰急切地等着“公园景观改造工程”早日竣工的人们的标语：“今天给您带来的不便是为了公园明天更加美好！”（大意）现在好容易竣工了，我却发现小门脸上的一个“就餐预约电话”，也就是说，即使你想在原本属于公众的公园的最佳地段上看着湖水吃饭，也是不行的，你有钱也莫进。因此我估摸着它分明是一个“私人会所”，那么请问被公众委托管理“公”园的那些人：是谁给予你们的权力，把一个全市民共有的园地的使用权，转移给了私人了呢？

13. 用英文怎么翻译“大家好！”？（2012年7月28日，星期六）

为期两个星期的给巴西学生上的“中国经济课”、我的“友情出演”昨天终于结课了。连续九次课、每次课两个多小时、讲同一种话题——这种事，就好比一场今天开演的伦敦奥运会的马拉松，一不小心，连“马”，都能被车给“拉松”、拉到沟里去，但我还是一鼓作气地坚持到底，到最后，一没被学生轰下讲台，二呢，还获得了几分的赞许。当讲师的被学生在讲台下偷着夸赞——是一个巴西学生在厕所和我并排的时候对我讲的，无疑，是一种暗想的荣誉。

暑期的北语校园就如同一个联合国小院子，各色的人种，各个强调的语音，各自的前程——当短短的“中国学习旅行”终结之后，我的那拨儿已经第二年来的学生——从巴西的圣保罗，要一路地奔波35个小时，才能到北京、才能走进我的课堂闭眼睡觉（极个别的学生在极个别的时刻），于是，我不得不拼命地表现。

在西人中，我顶喜欢拉丁裔的；在拉丁裔的他们中间，葡萄牙种，尤其是南美的，又是上乘的品相——我还没说人品，我说的是人的“品相”。不是说凡是巴西的人都好，是说他们即使是在那么轻率的乐观的喜庆的南美人中，比其他的，还更纯自然，还更“史前”。他们那么的没心没肺，那么的“人之初”——凡是和他们接触的老师都那么说，他们的眼睛是明澈的，他们的思维是简单的，他们的情绪是乐观的，即使，我对他们说他们就要在去山海关的路上（今天）遭大雨了，他们也不怕，也不闹，也不恼，或者，这些人在海滨沙滩上长大的半大孩子（最大的都40多了），压根儿就是这样漂白。正是因为这样，这种每年一度的课，我难以拒绝，上这种课于我来说，就是度假，而假期能跟一些简单的人聊着过——还有人发工资，又焉能说No?

说到英语，昨天在给教师进修学院的张院长翻译时，他要给我的“弟子们”发结业证书了，我被他的第一句话给“闷住了”。他开口说“大家好”。上课是能用英文胡言乱语的我一下哑了。大家都看我了。我想来想去，就是不知道用英文在中午12时的时候，该怎么说中文的这句“大家好”。这句话看似普通，其实蛮难译的。注意，是在中午的12点整，这时候，你用日文、俄文、西班牙文、葡萄牙文、法文——都能说一句“大家好”（说“今日好”的意思就行了，比如日文的“今日は”），但英文没有这种说法——在中午12时说的，你既不能说“Hello everyone!”——听起来像是打招呼，虽然有“问好”的意思，但听起来不郑重，不像是院长的话；也不能说“How are you?！”这句话有提问的语感，不是开门见山的问候，而当你想起来说good+（morning、afternoon、evening）的时候，你的句式是对了，但你说了半天，就是没有把中午12点这个时段给包含进去！也就是说，英国人在设计英语的问候句的时候，压根儿，就没有把中午12时“好，还是不好”这会儿的时间，给算计进去。

于是，昨天的大结局是，我是在过了一个小时，也就是在下午1点钟终于来到的时候，才把张院长的那句“大家好！”——翻译给了我的巴西圣保罗弟子们。

信不信由你吧！

14. 被人把年龄写成“50”的惊愕（2012年8月16日，星期四）

前两天带着身份证去“神州旅行社”报名，我要去的是福建的武夷山和厦门——我一年一出走，想将一个个地名上见过的地方都去一遍。但暂时不包括叙利亚。

当负责接待的女孩儿看完本人的身份证后，在“年龄”栏目中填了一个“50”的时候，我还是着实地惊愕了一下，因为，我从没有见过自己的年龄栏目中被填写过“50”。这种感觉不知道对还是不对。你从前都写40好几，你再往前老写30好几，而今，你突然必须写——还是无意地被别人写了一个50的时候，你感觉到的是新鲜以及新鲜后面的苍茫。我于是，就想到今后还有60、70之类的，但也许会没有。但当我想起有些人的一辈子，连“50”都没来得及写，就被子弹击中——那些朝着机枪口冲锋的人，以及那些得了癌症、艾滋之类的人，我于是就挺感觉庆幸的了。人活一世，面对的是一个个越来越不确定的10年，好像是“十年一贯制”似的。

伦敦奥运结束了，连续的半夜起来的日子也终结了——在那个明年就要退休的奥委会主席罗格先生用“愉快和高贵”为之“注脚”了之后。奥运挺好也挺神奇的：好和神奇在于世界上那么多种类的人——黑的、白的、红的、黄的、杂色的，需要4年才能面对面地彼此看清对方的模样——而且还不打架，但这是极其暂时的，这不，奥运刚一终结，中、日、韩，就又为领土的事情“开仗”了。可见人类的和平，是众多虚幻中的一种。我明年也想去钓鱼岛。

我这次看奥运和前些次不同的，是每天都能在俄罗斯的“第一电视台”上用刚刚学会的俄语，看看俄国人是怎么“过奥运”的。于是，我看到了俄罗斯代表团出发前普京为他们打气，他们回来后普京又在克里姆林宫金碧辉煌的大厅中笑着为他们接风。我今天看到的，是“接风”完了之后，那些得了奖牌的运动员都兴冲冲地到克里姆林宫外面，去开作为奖品的每人一台的“奥迪”牌黑色轿车；连不会开车的，都兴奋得“噌”地把车开走了。

这个月，香港那个据说非常“有世界影响力”的英文季刊《亚洲文学评论》(*Asia Literary Review*)上刊载了我的小说“Yu Li”

（电梯工余力），同时登的另一篇中国人写的文章是韩寒写的，译成中文应该是“什么叫知识分子”。我想，作为“知识分子”（Intellectual）的第一个条件，好像是文章要自己写吧。但这篇关于“知识分子”的文章究竟是韩寒自己写的呢，还是不是自己写的呢，恐怕韩寒都忘了吧！我不是总爱数落上海人，但上海的确这些年老是生产着有争议的“巨人”，韩寒是一个，刘翔又是一个。他两次跑我都看的是“直播”：2008年是在去首体的公交车上，那次他扑倒了，我信了；当这次听讲解员带着哭腔解说刘翔第二次扑倒的悲壮的时候，我也着实被感染了，也险些哭出声来，但抬头一想，就感觉不太对头了。你仔细想一想呀，“真戏”和“假戏”其实是有些细节上的区别的——即使都是用“金鸡独立”的方式把那些栏给走完，一种是在跑前知道自己能跑完而意外没跑完的，另一种呢，是明知道自己压根儿就跑不完还是非要跑的。前一种叫做“意外”，后一种叫做“意内”。能做到前一种叫“运动员”，但能做到后一种叫“老百姓”——你我都能做到嘛！

在今天全球都商业化得非常彻底的时代，在利益驱动之下，人类是什么怪事邪乎事情都做得出来的，何况上海人的精明是“海派文化”的精髓之一。“阿拉上海您的”刘翔，能不在意以亿万美金结算的巨额商业利润吗？所以即使刘翔想“神马都是浮云”，别人同意不同意，还要另说呢！因为，毕竟金钱既不是神马，也不是浮云。

15. 武夷山、厦门、永定土楼（2012年8月24日，星期五）

昨天我还在厦门大学对面的海滩上思忖着当年鲁迅也曾在这块礁石上爬过并十分郁闷地写着和一个女学生之间的《两地书》的事情，今天就在北京自家的屋子里——打开电脑了，由此证明人类的飞行技术，的确能把我们鸟一样地移来移去。说到“鸟”，就想起几天来在武夷山、厦门和永定土楼那些福建人嘴里听到的闽北话、闽南话和客家话，那不仅使我对学俄语的简单程度有了重大发现——俄语和他们的方言相比简直就是“普通话”——至少是对本人来说，而福建那些方言，我实在是想不出除了“鸟语”之外的任何合适的词汇了，何况它们的发音特征和婉转的语调真就像山里的鸟。我想，在鸟听来，人类的语言，其实就是“鸟语”的一种吧。

一年一、二度的“离家出走”，尤其是这两次，让本人对同胞“打嘴仗”的水平有了新的领教。本人是一个人随团走，而那些个“团”，都是临时拼凑的，乌合之众也，于是乎，各地方人的打架水平就各领风骚了。有要动手，胳臂却太细的——她说的浙江话，有不动手就显得发蔫的——他是个河南人，有一见导游就全家气不打一处来的——他们是江苏镇江的。他们走一路打一路，如同中国政府在钓鱼岛问题上的做法：天天地、月月地提抗议，就是不舍得出拳。特别有意思的是有三个河南游客迟到了，导游让司机别等他们，叫他们自己打车到下一站集合。那三个人上车后整个一个的“浑”——都浑到家了，用拳头在导游头上左比画、右比画，导游实在忍不住了，突然厉声地转用河南口音说：“在外边旅游，请注意河南人的形象！”原来这个厦门的导游也是河南人！车上的人都劝那个闹事的给老乡留点面子，但其中一人还是压不住火，还在车上大闹不止，最后那个导游跑到另一部车上去了。新上来的导游是个身子骨比林黛玉还纤细的客家小女孩儿，那个河南大汉游客开始还用拳头比比画画，但一会儿就不比画了，我想原因是即使他一拳打上去，也打不着那个纤细的女孩子吧！

在武夷山上漂流还是挺刺激惊险的。我们的圆圈筏子一路飞流直下，在石头和破浪中撞击而行，我冲浪了一小会儿，才意识到这种运动似乎不是我这个岁数的人玩的，因为我们仿佛在进行着伦敦奥运会的某些非常极限式的正式比赛，何况水那么的深——有说是3米、有说是7米的，好在我会游泳，在一处水深处，我索性扔掉筏子直接跳到墨绿的溪流中游开了。第一次在如此干净的水中游，那水好比是从山中一发不可收拾流下来的一股圣水。

金门和厦门的距离是如此之近，这在我清楚地看到岛上台湾人刻的标语“三民主义统一中国”之前，是没想到的。如此说，当年林毅夫抱着一个篮球游到大陆，从运动的角度看并非是什么壮举。因为我在那个年龄上游这点距离，是万不用“辅助设备”的。

南方之某些中国人对金钱的追求几乎是最纯粹的、最赤裸的、最直白的，同时也似乎是最干净的。就说那条到金门的船吧，我下午坐了一次，第二天晚上又坐了一次；你的腿只要一登上那条船，或者说你的眼睛一瞄到那条船，你就是全船人的“涉猎”对象了，足足两个小时中，船上的人一分钟都绝不会浪费，使用着一切能使用的手段和手法，包括二楼、三楼的茶座，包括甲板能拍到“三民主义统一中国”的最优地段，包括卖印有孙中山头像的打火机——统统地，在阴着阳着一张张掏着游客们的腰包。我于是想，虽然商业这种被马克思在《资本论》中用“赤裸裸、血淋淋”三个字分析批判得一无是处，但你一旦将这种“商品经济”推演到厦门这条通往金门的水路上的这种类型的“全裸”和一丝不苟，那么，这个世界反而突然地，又极大干净与和谐起来。因为无论如何，“掏腰包”精神总比隔着大海疯狂发射大炮弹要环保与和谐得多。

那个家向我们推销用金门炮弹壳制作的菜刀的“景点”，我出来后，庆幸脖子好歹还在。她们那些个小姐用三种能剁铁如泥的刀在全面演示它们的功能之后，一人抱着三把刀到每一个“游客”的面前地苦劝我们买下它们。只见她们抽出那些“炮弹壳材料刀”，一招一式地在我的眼前比画着。我呢，50岁后眼又极度的花，晕乎乎的，觉得不买马上就会英勇就义，想说“刀下留人”呢，嘴又太笨。最后，还是那个从镇江来的七口之家的家长救了我们这个团，他的一条腿已经瘸了，是个拥有残疾证件的人，就显得特别的“闯荡过江湖”。他对那三个打扮得非常有魅力、很像扈三娘的卖刀女厉声暴露了自己的真实身份，说：“我就是打刀出身的，我来试试你这刀锋！”

这一路上每一个购物景点我发现都有其共同之处，就是你下车时发现它们的门口极小，但一旦进去之后，就发现它们都是“口小肚大”。每听完产品介绍之后，旅游者就就要一圈圈地从狭窄的产品通过中一圈圈地绕着出去，你那时会突然发现那条路是那么的长、那么的蜿蜒曲折，短的几十米，长的几百米，既像是长征，又像是“六盘山”。这不，那位打刀出身的老先生虽然用嘴把我们从“宣讲室”里解救了出来，但后面的这条“刀丛中”的几百米长的“福建特产长征路”，他可是逃不过了，他只能前进，他没有退路，于是，我们看到的是一个一瘸一拐的、拄着一根拐棍的“打刀人”在土特产的盘山路上步履蹒跚，一步一踉跄。

“我爱厦门”——这是我到达的第一天上午，在厦门买的那顶帽子上写的。不过这也是真的。

16. 我家都能找到钓鱼岛属于中国的证据（2012年9月16日，星期日）

北大新学年又开始了。周四在中文系的会议室中举行新学年师生见面会——我应该是第五次参加这种会了——因为我今年是第五年级了，所以，当每个同学介绍自己是哪一年级的时候，有说第一年级的，有说第三、第四年级的，我呢，则非常不好意地说自己是第五年级的，而大家都知道北大的博士标准分明该四年读完，知道我是延期了。正当我为自己既是五年级又是50岁而十分难为情的时候，一个20来岁的女生说她已经六年级了，我才松了口气。

本学期和上学期最大的不同是我的导师陈跃红老师已经不是中文系的副主任了——他变成了主任。我们都由衷的高兴。在文学这方面我本来就是个“玩票”的，但不小心“玩”进了北京大学，还在不经意之间变成了北大中文系主任的第一弟子——虽然是用本该毕业还没毕业的方式，所以就更异常的兴奋了。只见我手提着一大方盒的月饼，健步朝陈老师的办公室——中文系二楼的第三个房间冲去——我不好意思被别人看清，但师弟师妹们一把把我拦住："师兄，是这里呀！"——原来陈老师的第三号"副主任室"已经改到我刚刚匆忙经过、以前从不敢正面面对的二楼第一间的"正主任室"里了，而陈老师分明已经站在了新房间里面等着我们。我于是心潮更加起伏澎湃。

晚上同"师门"同学们和老师在"未名楼"聚餐，其乐也融融，其气氛更热烈。在"金字招牌"的北大，中文系算是"第一把小提琴"，而陈老师呢，正是那第一小提琴手，我等弟子们，则算是给陈老师翻琴谱的。常去看演奏会的我知道，有时候那些个翻琴谱的老是翻不准，不是快翻就是慢翻，所以翻谱子的也要时不时地修炼，才免得翻错翻过了。

恭喜陈老师，贺喜陈老师！

中日就钓鱼岛问题似乎就要开战了。昨天在法华寺我家，我无意中翻到了藏书中的《浮生六记》——清代沈复写的。原以为《浮生六记》中只写了儿女情长卿卿我我的事，竟发现了关于"钓鱼岛"的记录。嘉庆四年（1799），沈复随朝廷师团出使琉球国（中山国），写了一部名为《中山记历》的游记。在他们的船队经过钓鱼岛时，他写道："初九日，卯刻，见彭家山，列三峰，东高而西下。申刻，见钓鱼岛，三峰离立，如笔架，皆石骨。惟时水天一色，舟平而驶。有白鸟无数，绕船而送，不知所自来。入夜，星影横斜，月光破碎，海面尽作火焰，浮沉出没。木华《海赋》所谓'阴火潜然'者也。"

之后，还有无数描写"赤尾屿"和"姑米山"的佳句。想两百多年前沈复等都能顺顺当当地从钓鱼岛大摇大摆地驶过，今天中国渔民去抓几条小鱼还要在船上带上棺材，气真不打一处而来也！

2010年本人在金泽大学“修学”的时候，在一次讨论对日本历史问题的态度的会上就曾和几个日本教师发生了激烈的口角。日本和邻国之间的事之所以一而再、再而三地再兴波澜，正符合了佛教的因果定律：有恶因必无善果也。日本在历史上种下那许多“恶”之种子，想战后一埋了之，装扮得“没事人”似的，但其实“恶果”尚在，且渐渐发酵发霉，早晚会再追到那些死不认账的“恶人之后代”的头上。解铃仍须系铃人，要想不遇“恶报”，唯有从内心悔过之路也。

17. 丰乳肥臀的蛙——莫言得了诺贝尔奖（2012年10月13日，星期六）

身在本来就应该有许多惊悚故事的2012年，什么新鲜事情出现，都不必惊讶——比如莫言得了诺贝尔文学奖——这种事情，这种事情鲁迅想过、沈从文也想过，但都没想明白也没得到，就都仙逝了。于是乎，莫言的得奖一定是世纪性的消息，这种消息就如秋季特别容易得了病毒的细菌，你想得可能得不到，但一旦你真的得到了，就不知不觉地由体温到大脑都高烧起来——得到莫言得奖的消息后的中国乃至世界，就是这样的。

莫言的书说不上喜欢还是不喜欢，有的读过，比如《檀香刑》，还比如那个《蛙》，再比如《丰富肥臀》。但是，一旦你把它们的名字像糖葫芦似的串起来，就变成“丰乳肥臀的被上着檀香刑的——青蛙”了。那本《蛙》的确写得一般化，记得在北大的一些课堂上，一位研究现当代文学的老师因之高呼过：“这种书也是莫言写出来的吗？”但喊归喊，现实归现实，文人自古都认为自己的“蛙”的屁股更加丰满、乳房更加充实，所以，萝卜青菜各爱各自的那一口，也就是说没什么准则。但你细想想，那几个和莫言竞争的——比如村上春树等人，还真的不如“沉默不多言”的“莫言”写得更好更接地气以及更加恣意汪洋，所以，莫言不得大奖，他人得了——咱们不更窝火？尤其是钓鱼岛正在两家必争之当口，假若亚洲人的奖都让日本人给得了，咱的尊严咋办？我甚至私下以为诺贝尔的那些人在讨论给日本人还是给中国人的时候，也隐约中想到过钓鱼台的事情，他们在找着平衡，否则都给了日本人，瑞典的沃尔沃车也兴许被咱砸上几下，尽管它的车主现在也是中国人。总之，你说文学和政治彻底无关，我说你是天真。

当世界大感冒——诺奖真的到来时，咱们分明是没准备的，因为毕竟是第一次，或许就是最后一次；诺贝尔先生是搞炸药出身，然而被文明漂白之后的“文学奖”的爆炸性，也和精神的核弹差不多。于是，全天下所有的人顿时在蘑菇云和冲击波的裹挟之中——都关心起“文学”来了，你看那些大小的媒体，不都挺“丰乳”的也都很“肥臀”的——为我们的胜利高兴着。莫言也高兴了也开口了，他昨天第一次用“世界级精神领袖”的口吻说：“文学既与政治无关也和什么党无关！”“钓鱼岛要我说就先搁置起来吧，让那里的鱼类好好休息休息！”——这消息传到了日本，日本人听糊涂了——莫非中国的渔政船要从“尖阁岛”统统地撤退，把这里让给俺们鲨鱼管理？

一旦文学突然的火爆之后，那些搞文学的甚至包括俺这样的，也仿佛乞丐群猛然地崛起——从阴沟暗道里流窜到“康庄幸福大道”上来了，也都一下子把自己和“诺奖”“干系”了起来：有说早就认识并看好莫言的，有说莫言第一眼咋看咋都最“高富帅”的，有说莫言压根儿就没当过“屌丝”的，还有代替莫言大谈“获奖感言”的——总之，文学的盛世呼啦的一下子，就“201——2”起来啦！

18. 我用纳鞋底的方式写博士论文（2012年11月3日，星期六）

我基本上是在用纳鞋底方法、一针接着一针地在缝合着博士论文，它只差三针——3 000字，就25万字了。

写博士论文对已经年过半百的本人来说，是一路的长达四五年的慢跑马拉松，而如今，我已经大致地，看到了最后的一段跑道。在这一路上本人要克服的各种困惑包括选路（开题）、起跑（写第一个字）、健忘（随着一年一年的变老）、情绪（本人研究的是关于日本的课题），等等。

论文的每一个章节，就好比包袱皮的每一块布，你要用缜密的针脚把它们细腻地缝合起来，每天一针到两针，每针1 000字。写论文绝对和写小说不同，小说写的是感觉，最多的时候每天能写上万字；论文写的是精密，纳鞋底太快纳出来的就可能是床垫。

几年里我每天都暗中发誓，一定要在“阿尔茨海默病”——我从祖先那里遗传过来的最强烈的基因——正式接管自己的大脑之前，完成自己的博士论文。因此不能太急，太急了，就会一针把大拇指头扎了，那样一紧张，阿尔茨海默病就能提前发作；也不能太慢，因为写得太慢了，阿尔茨海默病它就等不急了。

“阿尔茨海默病”又称做“老年痴呆”；电视上正在征集着它其他的名字，比如“老年失忆症”之类的，而写论文最怕的，不正是“失忆”吗？

本人对付“老年失忆症”的侵袭的重要方法之一，是每天早晨到昆玉河的小河边去跟着张老师练习“陈氏太极拳”，但这周的周一的早晨我发现75岁的张老师打着打着，就被我的“师姐”——一个60多岁的老太太提醒：“您又落下了两个套路！”“啊！”张老师就停下来一套一套地往回倒拳套子——果然丢了两三个套路，张老师不好意思地说：“最近我脑袋后面的血管又堵了两根，不好意思啦……”

而我却认为张老师是“阿尔茨海默病”开始发作了，也就是说，下个月张老师再带着我们打“陈氏拳”的时候，打着打着，就会发觉，我们三个打的是“杨氏拳”。但张老师并没有意识到自己的失忆问题——就像所有的有那种病的人一样，他每一见我，就总爱批评我早晨起不来床。

我抵抗“老年失忆症”的第二个最重要的方法，是坚持到东直门去学习俄语。我的俄语水平目前已经相当“了得”了。每天早晨我都一边听着“俄罗斯之声”的俄语广播，一边写着或许能像导师陈老师说的“可能会爆炸”的选题的论文。有时候，也会对着俄语新闻视频的普京的大脑袋，边听着他每天都滔滔不绝的“训导”——边纳我论文的学术的“鞋底”。

在几个从春天就一起学俄语的小同学中，本人的听力是最好的——我不仅能听得懂“俄罗斯文化中心”的各类讲座，听得懂那里的“俄罗斯大妈们”的絮絮叨叨，也能听得懂刚从海军退役的小姜老师的长篇演讲：我几乎能同声翻译他用俄文说的大段的“光荣履历”。我的听力之好令小同学们惊异不已，问这是为什么，我说人到五十之后任何人说什么你只要听一半，就能大致猜出他要说的另外一半了，而有时，甚至都不用他（她）们张口。

19. 聊聊《非诚勿扰》（2012 年 11 月 27 日，星期二）

好久没心思写博客了，都是让大论文搞的。

近来每周六、周日都看江苏卫视的《非常勿扰》，而且似乎全国人民有一半人都在看。昨天在国贸一带转悠的时候，从一个写字楼的电梯中也传来了一个小“北漂”说那个“非诚勿扰”上的名字叫“骆琦”的女孩子，足见该“曲目”的受众有多么广泛。那个“骆琦”的确是个奇怪的女子，网上说她的家族是澳门排名第 17 的富人，是个大家小姐，于是那么，就有了一种她在全国的几亿人的男后生中垂着一根纯金的杆子——每周在“钓金龟”的感觉：太穷的不行、太笨的不行、太富的也不行、太有财的也太有才的——更加不行，因为那种人要不就已经到了李嘉诚、杨振宁的年轮，要不就是反过来——也想把女孩子当“美人鱼”似的垂钩的人。于是呀，那个骆琦我就搞不懂了：她是真的来搞对象的吗？不过，正因为有了骆琦，《非诚勿扰》才有了大大的看点，就仿佛是亿万观众眼中的一场“攀高枝”大赛，看到最后哪个又富有、又年轻、又有才、又有貌但又不嫌弃骆琦长得其实并不那么美丽的白马王子，哪天，一把把她给搂上马背。

使用“白马王子”形容男嘉宾无疑都过时了，那还是中世纪的旧的配偶观念，现在的《非诚勿扰》给我们展示了一个全新的、用20分钟就能非常而且彻底地将一个“女嘉宾”搞定的模式，因为有几亿人在作证呀，因此，你绝不能说那20分钟的“对眼儿”（也叫“眼缘儿”）是短暂的、轻浮的，何况这之前和之后有许许多多的“面试”呀、“选秀”呀什么的为之烘托，但这仅仅20分钟里就显得那么的情投意合和爱意缠绵的两情相悦、就有女嘉宾被男的牵走而且似乎立刻就能够结婚、生儿育女（因为他们有的才见了三分钟就开始讨论生几个娃娃了）的场景，还是让我这样的旧时代的人对——最起码对什么是恋爱呀、什么是家庭呀的，产生了恍如隔世的唏嘘：早知道这般的20分钟，那么贾宝玉呀林黛玉呀、简爱呀罗切斯特呀、罗密欧呀朱丽叶呀什么的，是多么的效率低下和费劲！

不过“眼缘”和“眼缘”也有所不同，并不是谁在什么场合都能在和异性见面仅仅20分钟之后就开始谈生几个孩子的事——那要有一个类似《非诚勿扰》的“大型生活服务类”的舞台和特殊场子才行，你瞧在地铁上——我天天坐地铁——每天有那么多被挤得勾肩搭背的男男女女，不仅几十分钟的路下来没有一对儿“谈成”并把女的给像牵小猫、小狗、小鸡绵羊似的带走，而且你每天不听见他们——那些个脸贴着脸的、脸被挤得像柿饼子似的男女们大骂上几声：“你他妈的挤谁呢！”就不错了；有时候倒也有男的把女的牵走的：是遇到男路警抓住女小偷的场合。

说了半天，我想说的我也不太清楚，用几句话小结一下：一是骆琦太拿咱们穷“屌丝”开心了；二是《非常勿扰》是个特定环境下时空的虚幻的舞台；三是梦归梦、游戏归游戏，真正的生活归真正的生活。

20.“背水一战”的论文写作和不敢呼吸的北京的空气

（2013年3月2日，星期六）

在北京这个我成长了半个世纪的城市里，突然有一天我发现不戴口罩就不能上街了。你放眼望去，除了PM2.5，就是PM10，而当你正寻思它们哪个是哪个的时候，你的满腔和满腹，以及你的思维，都已经都被这种有人翻译成“毒尘”的家伙充满了。法国的萨特在解释什么是“存在主义”的时候曾经用简单的话说：“他人就是你的地狱！”对之，本人一直用“四海皆兄弟”来抵御，但是当你看到满大街的“他人”带来的废气——从他们鼻孔中出来的、从他们屁股后面出来的、从他们开的汽车的尾巴出来的，会危害你的小命，让你少活几年、几十年，叫你得癌症——某一种说不清名字的癌症的时候，你会真的把马路上所有的散发着“毒尘”的人类，都当成自己的潜在的敌人。而你明明并没有招惹过谁，而你呢，在他们的那些戴着的、能让人想到死亡的黑颜色的口罩上面的一双或大或小的、或是黑或是蓝的眼中，同样的，也是能令他们的寿命“打折”的毒源之一；而正是千千万万的24小时都不停地吐纳着各种毒气的、亡命徒似的活着的我们，构成了这个天空每天都是屎黄色的世界。

从本年度的1月份起直到2月的最后一天，本人都以每周一万字的速度改写着这本似乎比50岁产妇生第一个孩子还要遇到更多艰难险阻的论文。终于，在8个星期的“背水一战”式的“亡命奔袭”之后，原本不愿意砍掉的8万字被本人毫不犹豫地砍掉了，原本

“不可能完成”的6万字的新文章被本人写出来了。除了字数之外，需要改的还有论文的口径——在本论文开题的时候的2011年中日关系还算是可以的，因此这本论文的立脚点是寻找中日之间的文化关联，谁想到开题之后从野田佳彦到安倍晋三，日本首相们一天天地带着日本朝着新帝国主义的方向回归，由此，本人的论文的口径也要随着国家关系的新情况从“中日友好”到“打倒日本帝国主义”的方向全方位地转向，其难度可想而知，好在这一稿又完成了。这一稿改完之后，本人的论文之中的火药味道，就已经非常的——了得了。

21. 天津半日游（2013年3月18日，星期一）

昨天又去了趟天津。昨天是因为我家的小时工小霞来了，我去的天津，而我之所以时常在小霞来的时候去天津，是因为不好意思坐着大眼瞪小眼地看小霞帮我们打扫卫生，而半百的我分明还是活蹦欢跳着呢。

不懂得天津的北京人是狭隘的，因为天津是北京的另外的一半，正如张贤亮说“男人的一半是女人”那样，我不知道天津是那个“女人”还是北京是那个“男人”，总之天津和北京这两个城市是一阴一阳，而且天津和北京又是一土一洋：北京是“土”的，天津是“洋”的，但天津的“洋”却和上海的“洋”有所分别。昨天在上火车前，我在海河边回望着夜晚跟上海的外滩的灯火通明璀璨得几乎不分上下的天津的“银行街区”时就是这么想的。天津的“洋”是带些个土腥的“洋”，是北方的“洋”，天津人别管怎样出入那些至今被我还惊叹为奇观的触目可及的洋房里，骨子里面还是北方的中国的，还是河北式的——因为天津大多数人都是河北出身，因此天津的土和洋的结合就仿佛是俗语说的“马巴巴带花”，就是洋油和地瓜的杂交，就是土特产和洋货的黏合，就是水的世界——天津靠海，同泥土的世界——天津的背后是华北平原，掺和在一起的成果。

天津建筑的“洋”令人叹为观止，天津的民风又“土”得像似从大麻花里散落的渣渣和“狗不理”包子中的三鲜馅。于是，我昨天中午就吞了10个“狗不理”、晚上又吞了10个“狗不理”，然后手提着两盒“无糖天津大麻花”、在小霞打扫完我家的卫生之后的三个钟头之后又回到了同样被雾霾熏得人人带着黑口罩的北京的家。

我一般去天津都是徒步十几公里，把一定要去的银行街、劝业场、劝业场后面的天主教堂、老古文化街、意大利风情街以及海河边上的几座桥梁——都用自己的腿亲自走完，然后在吃完一二顿“狗不理”包子以及喝上一两次洋式咖啡之后再坐车回家，昨天却添加了一个项目，就是傍晚到古文化街的茶楼听了半场的相声。那茶楼进去后黑乎乎的，有的人在嗑瓜子，也有的人在喝茶，观众也就十几个人，演相声的倒是一拨一拨地出来、加起来有五六拨儿，于是，你就能联想到马三立和郭德纲当年是怎么在茶楼里演相声了，那无疑是一种“惨境”：郭德纲在“火”之前曾经两个人对着一个观众说相声，想起来就和家教似的“一对一”地说，又像是两个“亲爸爸”开导一个“皇子”，而那个唯一的听众还时不时接个手机什么的。

天津的茶楼里的相声——一个多小时听下来之后，彻底地颠覆了本人对“相声”的理解：原来真正小剧场里的相声如此地不拘一格、如此地“荤素搭配”，真和东北坊间的二人转差不多，目的就是一个，就是让你傻笑，而大多数人除了听“荤的”之外是笑不出来的，因此那些相声们就非常的油腻了，像天津麻花似的。

为了赶火车，我提前走下那个还在播放着天津快板书录音的、马三立、郭德纲等人“火”之前说相声的茶楼，这时候的古文化街已经是人迹依稀了。我沿着夜景如海市蜃楼的西洋景色的海河边急行军，我钻过那些古洋房的残垣断壁以及真仿佛是到了意大利的神神秘秘的春夜里的“意大利风情街”，回家了。

22. 方清平的相声和王强的书（2013年5月1日，星期三）

昨天，本人是在“百盛”的书摊上买了一本王强的《读书，毁了我》之后，才奔赴北大的“百年讲堂”看方清平的相声的。没学生票，说只有280元的VIP票，觉得不值，也不符合自己目前仍然是学生的身份，就先到“师生缘”吃了晚饭，然后去等票。等了一张40元的，就进去了。由于博士论文前两天已经送给5个教授去“匿名评审”了，假如（万一）能顺利通过，本人的“北大末日”恐怕即将来临，所以抓紧再到“百年讲堂”看点什么。北大这个地方于本人，是个“爱恨交集”的地方，没考进来的时候是“爱”，进来了论文做不出来就自然变成“恨”了；那个未名湖也同样，心情好的时候它好像挺是个“湖”的，心情不好的时候，它就挺不是个“湖”的。而北大能否毕业，那个谜底一直要到“混”进来之后的第五个年头的几乎是最后一天的最后的那一个时辰才能揭开，所以你说，我对北大这个地方，应该是“爱呀、爱呀、爱呀”呢，还是“恨呀、恨呀、恨呀”好呢？

方清平好像是迟到了，所以先听了一大堆“非方清平”的相声，有付强说的，有石富宽说的，有李金斗说的，还有一个姓“孟”的说的；据说孟先生是给北京那个“庆丰包子铺”做广告的，因此他脸上尽是褶子。听一晚上下来，好像还是方清平说得最好，也最敢拿自己的老婆和孩子“下嘴”。普天下说相声的家属往往最倒霉，他们的老公和爸爸不敢拿别人开涮，敢的，就只有戏弄直系亲属了。

散场后巧遇到中文系的小宋老师，他是我们的班主任。宋老师三五年没见，竟然还能叫得上本人的名字，并热心地问我啥时候毕业。前些天中文系的一位学工办的老师也给本人来电话，问我毕业后的去向是什么。我说我今年都51岁了，人一过半百，去向之类的，就已经非常明晰了。那位老师说：“那好，你就在‘毕业去向’那个栏目中填上‘2分’吧！”我想“2分”肯定是一个什么的代号吧，不过这也够便宜的：70年代北京最便宜的冰棍，还3分一根来着。

我今天用着“二分法”，读着王强兄的这本《读书，毁了我》。王强是俞敏洪的北大同学，也是“新东方”最早的合伙人之一。王强和本人在公元2000年曾有一次长沙湖南卫视的“英语论剑”之缘，那次同桌吃饭的有俞敏洪、李阳、王强和本人。其他的两位都是如雷贯耳之人，唯有王强知名度次之，而本人则是活脱一个“屌丝”和“三不沾”也。王强是爱书之人是早有耳闻的，今天读来，的确真如此。这本《读书，毁了我》是目前为止我读到的关于“书迷”的书中的最好的一本。王强被书迷得都走火入魔了，这倒是其次，难得的是他写书时，能像写自己“小情人”的那般的写，和传说中的英雄爱“小三儿”似的，爱到了刻骨铭心之处。俗人如我辈喜欢书的最高境界就是“喜欢”而已，书于我们就像是一日之三餐，到时候就吃（看）上一口，算是一种习惯，而王强兄呢，对书、在书的面前，就仿佛是恶鬼见了美食，又好比是情火正旺盛的少年遇到了妖妇。总之，王强兄爱书爱得是超级的真切，写书的文笔也细腻多情，是写书之书中的上品和极品也！

23. 本人档案最终归宿地是在何方？（2013 年 5 月 19 日，星期日）

本周三，我按照北大学工办老师的指令去找“毕业后”（虽然能否真正毕业目前仍未明朗）档案的去处，我去了趟“西城人才交流中心”，是在德外的塔院胡同。在走进那条胡同的时候，我隐约有一种预感，就是本人的那个厚厚的、至今从来没看过里面是些什么“东东”的牛皮纸档案袋子，不久，就会睡在这条街道里面了，而且一旦进去，就会永久性的——没人再看它了。人的生命在中国有两个最终的去处，那个肉身的，是去“八宝山”——假若你参加革命早点的话——你而且还要早些个死；另外的一条生命在中国是纸糊的，就是那个号称“档案”的牛皮纸袋袋，这绝对的是个“中国特色的袋袋”。眼下，那个肉身的你的去向是很说不清的——那要看你“挂了”时候的市中心土地的价格了。假若你钱不多，生在北京的你的去处兴许会非常的遥远，没准都“出关”（山海关）了；而这个不知道里面有人没人说过你不好的被称为“档案”的“口袋的你”，我知道有一个去处，就叫“人才交流中心”。其实，“人才交流中心”是个荒唐的说法，因为假若你真的是个“人才”的话，你的“牛皮纸袋袋”就不应该存在那儿，而你的“牛皮纸袋袋”之所以转来转去又转回去了，说明你压根儿就没人要，就不是什么“人才”嘛！

本人这星期无意地发现本人写的出版的那些本书不仅在北京的“国图”里有，而且在全中国的各大高校的图书馆和各大省市的图书馆里面都有若干个藏本，不信你只要“搜”一下那些数以百计的图书馆“馆藏”中的“齐天大”，那些个“齐天大圣”们，就纷纷地现原形啦！就连那4本总共才印制了200套的“万花露”系列，也能在首都图书馆、上海图书馆和河南省的图书馆中找到。不仅如此，Jimmy Qi（本人的英文笔名）的书，还能在London Public Library（伦敦公共图书馆）中找到。我原以为那是英国的“伦敦”，一查，才知道是加拿大安大略省的“London”，不管是哪个，这些发现都令至今“牛皮纸袋袋”还没有确定归宿的本人十分坦然，因为那些个至少能将最后一本永久都不外借的书保存到地球毁灭的那一天的图书馆，不才是本人的“档案”的真正的保管地吗？

我终于在“塔院胡同”里找到了那个“西城区人才交流中心”。我说明了来意，但我的“来意”让那个负责接待的公务员同志大为困惑，她像看活恐龙似的打量着我，问：“你，今年毕业？……你，确定即将毕业的，是你本人吗？”听我说完“确定”并将北大的带着我的照片的学生证出示给她之后，她腾地从座位上弹起来，赶紧去向领导汇报去了。她说他（我）的那种情况咱们西城区历史上从来没遇到过，一个老头儿说他是应届的毕业生而且还是国家统招入学的……被她强拉硬拽过来的那个女领导也皱紧眉头了。领导在审问了我一个回合并深刻思想了一番后说尽管我是个50多岁了的“毕业生”，然而“应届”是肯定了的，因此，本人的档案还是要按“新毕业生办理”，她说学校会发一个“派遣证”，将本人“派遣”到西城区的“学生就业部门”，然后，再“依法”处理我的情况……她还补充说是“依照国家的相关法令”。我听明白了，那是要“依法处理”的意思。我先谢了她们，并一再强调本人虽然才要毕业而且还不知道能不能通过论文答辩真的毕业，但本人始终是个“应届”的人，而且本人的档案一旦调入了这条“胡同”，也就算到头了。就算本人再是个“人才”也不谋求什么“交流”了，因为即便我想和别人交流，人家不愿意和俺交流呀，因此本人这个“人才”，是“非流通”性质的。

当日晚上，本人继续着“齐天大作品”在世界各国图书馆的“馆藏”的查询，一直干到了第二天的凌晨两点。

24. 在毕业典礼上保安问我：“你确定你不是家长吗？”（2013年7月12日，星期五）

前天是个阴雨天，我早上5点多钟就爬了起来，去参加等了若干年的博士毕业盛典。在北大“邱德拔体育馆”的入口处，著名的“北大保安”之一追上了我，问：“你确定你不是家长吗？”并核实我的校园卡，这，就足以证明本人是本年度除了金庸之外年事最高的毕业生了。但遗憾的是，金庸同学并没有我这样的眼福、能在“邱德拔”（听起来像“裘八”[1]或者“鞋拔子”）那么大的体育中心里见证1 600多个博士和几千个硕士的红、蓝制服交相辉映的场景，那阵势像是麦加的朝圣，也像是梵蒂冈的盛典。总之，全场在NBA篮球赛似的煽情和气氛烘托中沸腾着、激动着，在进行、举行、举办着那样的一次浩大的“学术”的盛事，这使得平日整日和论文搏击、和枯燥的书本为伴的我等在若干年的自我“绞杀”之后得以在精神上放松，但是，也难说是怎样的“升华”，尤其是对于已经在“精神上退休”的我来说，去了，参加了，得胜了并得意了，或许就是所有。而不像那些年轻人，对于他们来说人这一辈子的车才刚刚上路，而于51岁了的我来说呢，未来虽说也是“上路”，但“路”和“路”是不同的。当然，和89岁的金庸“老师弟”的“路”相比，我的“路”还多少有点盼头。

下午也是在雨中——“五院”中文系窗外的，拿到了那传说中的“两证”：博士学位证和北大毕业证，而这，也是09级金庸同学没得到的；为之，我奋斗了将近10年：4年的考学和5年的学习。拿回家后才发现在那张毕业证上有一条深深的印子，那可能是制作时候的瑕疵。不过，这么深的痕迹留上了也恰恰说明，它是有10年的烙印的，是深刻的，是沉痛的，当然，它看上去也是挺漂亮的。

上周和老师同学们到葫芦岛、兴城我的老家高高兴兴的“毕业游”、7月7号的友情浓重的中文系系毕业典礼、10号的格调

① 裘八：是本书作者长篇小说《美国总统牌马桶》中主人公的名字。——编者注

高大的校毕业典礼，这一幕幕终于落下，大幕之后就是“演员”的寂寥。那半身红色的“博士服”再也不用穿了，穿上它就仿佛是电视喜剧《武林外传》中的滑稽的捕快，甚是喜庆以及戏谑，尤其是当你看到上千个人都穿着它的时候，还有当你看到有的学生穿着它——博士袍在北大的校园中骑着一辆破自行车去打饭的时候。“大红袍”就好似一款乌龙茶，你有时候会“乌龙”，就比如我这样的，还有金庸同学那样的，都禁不住时间的开水的冲泡，都喝上几口就没什么味道了吧！

不过，好歹一系列的“毕业仪式”都已结束，“大红袍”——我花了200元购买收藏想什么时候穿、在哪儿穿都行的那套，终于也可以歇着了；《武林外传》杀青，新的什么《传》开演，齐天大博士，你准备好了吗？Action!!!

25. 远东的俄罗斯印象和困惑（2013年8月19日，星期一）

刚从海参崴回来的我犹如去了一趟火星，或者是乘坐“神13”从木星中返回地球，总之，俄罗斯给人的“文化冲击”——给我这类中国人的，还是十分的了得。就仿佛是右脑被雷击了一番，总想写几个字，也算是用还好用的左脑，将视觉和意识（东北人说“意思”）给拉扯回来一下。

上周在吉林长白山的天池以及珲春的中俄边境，再有是俄罗斯境内的海参崴的那一路上，我难得地让大脑休闲——从关照家中老人的“偷闲”之中，但我的脑子，也总是无休止地围绕着天池转，也随着各种晃晃悠悠的车子跟着俄罗人转，因为即使学了那么半通半不通的俄语，我也对着那两天穿越俄罗斯远东的200公里的车程，以及肉眼所见的俄罗斯人、他们的话语、他们的身材、他们的态度，尤其是他们的眼神万分的不解，更何况那些片言都不懂俄文的同伴们呢？因此，我必须用语言之上的哲学来思想俄罗斯，来排解俄罗斯给我带来的“乡愁”，于我，俄罗斯从很早就是一种抽象意义上的“乡愁”了。

俄罗斯之所以是“火星”，因为那边的土地是自地球存在就没动过的。那森林，那野草，那野树，那荒原，就是地球的本来面貌，而我好像还是头一次置身于那么大的一块地球的处女地。于是我便将俄罗斯人的眼神的木然和冷静，以及他们（尤其是她们）对我们这些中国人的态度上的蛮横、无所谓以及无动于衷，和地球的原味的野性以及野景连带着思考起来。在思维上把握俄罗斯——这块地球1/8土地上存在的这1/60的人口——那里的少女是惊艳的，那里的男人是粗壮的，似乎仅用俄语是不够的，因为俄语只能让人在口语的对峙中（我们每到一个商店都会被俄罗斯站店的女子用俄语或中文瞪眼训斥一顿），找到骂人的原汁原味，但俄语并不够用做在理念上把握住她——俄罗斯。俄罗斯是一种形而上的存在，任何先前的经验以及带着噱头的“见闻录”都必定是浅薄和表面的，比如我们面对的如下几乎用形而下的思考“无解”的问题：

1. 黄色和白色人种用一条铁丝网国境线泾渭分明地分割；

2. 那里人“野蛮”和“不野蛮”的黏合——性格上的，态度上的；

3. 胳臂粗得像海碗的壮汉以及健壮得像被使劲充气过的妇女

带给人的震慑。

等等，以上所有这些，都是在我们这边的土地上非常罕见的。没错，俄罗斯给人的最浅层的印象，绝对是视觉上的。但物质上的硕大差别（这里的“物质上”当然指的是胳臂的粗和细），我坚定地以为，会作用在精神上面，因为，胳臂特粗的人的精神一见面，就把胳臂特细的人，给威吓住！因此我上面说了，由于“物理上”的差异：块头上的，嗓门上的，山脉和河流的“大手笔”上的，我们无法用中式的甚至是西欧的（法式的、西班牙式的甚至是德意志式的）思维模式去把握住俄罗斯，用通俗一点的话讲，就是将林黛玉的纤细的病容之美系挂到在俄罗斯中年以上的madam的一米多长的腰围上，是非常滑稽的，反之亦然，因此，一套美学的符号被另一套美学所替代，此后是刻不容缓的！也就是说，我们熟悉的“老庄哲学”“孔子哲学”（尽管传说孔子也高大威猛）的体系，只适用于中国的中南部的男子，而到了“雄伟”的俄罗斯大汉那里，瞬间就会失效，我们宿命中，使用的就不是一套精神上的符号！

以上这些种种困惑，虽然在各种交通工具（火车、汽车、轮船）上颠簸着行动，却一直让我苏醒着。

26. 老而不朽的黄永玉（2013年9月7日，星期六）

我一直对在艺术上能唱双簧的人崇拜有加，比如，黄永玉这样的，既能写文章，又能画画，两条腿走路，两把刷子描绘这个世界；也就是怀着这种感觉，我去国博看了“黄永玉画展”。

这个老顽童的画和字，看完后你的总体印象是他是一个老而不朽之人，不仅今天不朽，恐怕再过几百年，他也会不朽。就像是天坛和紫竹院里面的那些个老树，都活几百年了，你都没了许久了，它们还站在那里，不仅是站着，而且偶尔还能发上一两根新的枝桠之类的。黄永玉有一幅大字，写得离了歪斜的，上书："这个世界长大了，我他妈的也老了"——除了"他妈的"不老之外（千年后人们还会说"他妈的"），这幅字也不会老的，因为这个老黄头的所有画作上面，你看到的尽是叹为观止的"童心"，而且是赤裸裸的那种，蛮纯净的，一个90岁人画的画中的顽皮，竟然比五六岁的孩子还要真实，这岂止用"老小孩儿"的通识能解释清楚？不同凡人之修炼也！有的孩子人小，心却老辣得很，有的老头儿岁数虽大，却能天真烂漫的。而这个老黄头的篇篇字画都是行进在人性的最可扩张的边缘和外端的，再多一厘就不是人了、就不是人类之作品了。稍稍少点则落入俗气，能将那分寸把握得住的，就是大师中的大师。

本人年过半百之后喜爱琢磨的，无非就是这些人性之边际之类的问题，有的是文艺的，有的不是文艺的：前些日逝去了的诺奖经济学奖得主、百岁老者科斯，他也是如黄永玉一样的思想行进在人类边缘上且不断向最外围"出轨"之人，几篇短短的论文，就能拿到诺奖，就已经将人类某一领域的"盲角"显现于世，不愧为不朽和不会死之魂灵也。他们都远高于那些有着"高位傲慢病"的牛气哄哄的不懂事理之人的行径（本人上周就因出书的事遇到了一位且愤愤不平），他们也都不会因身体的"腐败"、老化而精神上枯槁、腐烂，他们是道教所说的"真人"也。

27. 艾米丽·迪金森——你就是200年前的比特币（北大秦立彦老师英美诗歌课后随想；非主题的、松散的；2013年11月25日，星期一）

要再生出一个艾米丽·迪金森一样的诗人，条件之一，我们必须土葬诗人。诗人之死的条件是苛刻的——倘若我们对“好诗”的定义也是苛求的话，迪金森那样的诗人绝对不会诞生在一个一把小火就能把诗人的身子给点着了的时代——何况骨灰都是掺杂在一起的。伟大诗人的尸骨必须是掩埋的，必须是被下葬的，必须是死后能够在局部一个阶段保鲜的，而这些，正是迪金森对于“死亡”的长久持有的想象和幻想。那个过程好一个漫长呀，甚至于包括死后逐日朝自己嘴唇上爬上来的苔藓，而这可能已经是真的了——倘若你把她的墓穴，在2013年打开的话，哦，对了，迪金森生产的国度，还不可有中国这般的人们可随意“开棺考古”的“国癖”，那样的话，迪金森关于死亡世界的一个个幻念，就将是一次次的自我欺骗。人体虽说无论如何地完好保持也最终会惨不忍睹，但“惨不忍睹”的前提是你我的后人动不动就开棺验尸、就让我们的腐朽了的肉身子失去哪怕是已经非常丑陋的“色相”。眼下国人索性就不再埋了，就一把火烧掉了，就不再承载着通向“永久、不朽”哪怕是一丁点的欲念了，因此人类就真的“短寿”了，就只剩下这区区的100年的“活头”了。于是，也就没必要通过诗歌来延年益寿来永垂不朽，于是，诗人的诗兴也没劲了，也鼠目寸光了，诗中也不再有死后有来世了，于是诗呢，也就猝死掉了。由此说，死可以死，常人可死必死，诗人当然也可死也必死，而被诗人诗歌关注关照关心的日月的长短，很可能就取决于人死后尸首怎么被处理被安放，是安放一会儿一天呢，还是让我们长久平躺在寂寞的冰箱一样的地窖子里，而且没人再次打开我们的“第二个家”？

巧了，昨天周日我家背后的那个街边的厕所里面，就死掉了一个五六十岁的男子。我昨天上午路过那个厕所的时候，厕所被警车围着，我今天再去，再想看看那个人的遗容的时候，打扫厕所的人说，他得的是心梗。我于是从容地在他昨天还上过厕所的那个地方，也上了一次厕所。

但那里面并没有诗歌。

死亡的恐惧、死亡的困惑、对死亡的惴惴的期盼一直是迪金森诗歌的基调，而那其中，当然少不了一个照顾濒死之人的漫长的过程的底色，那个底色既是那个被她照料人的“死途”，也是她自己的死亡的慢慢的切身体验。在她那儿，“生”和“死”之间，就仿佛是北京地铁4号线和9号线在“国家图书馆站”的无缝对接，你连上楼和下楼都不用，一个小步子，就上了“死亡号动车”了。

条件之二，产生迪金森的，是哲人们的死亡和无能。哲人几乎全都被她顶替掉了。哲人的最大题目就是关于死亡的，而哲人无论如何地绞尽脑筋，也没本事用迪金森的神来之笔触，来讨论死亡、描述死亡、预测死亡、讴歌死亡——迪金森将死亡写得比活的万物还活分，那她无疑就将“哲学已死”的口号，提前给宣布掉了；她把那些发明哲学原理的，给统统炒鱿鱼了。于是呢，哲学就真的死了，搞哲学的就只能研究那些“死哲学”了。

1 800多首迪金森的短诗，就是一组组宣布一个个行业的能人的死亡的判决书，上帝被她给宣布死了——因为她的诗远在《圣经》之上；哲人被她枪毙掉了，因为存在的问题、生命的问题、死后的哲学的问题种种，全被她一一解答完了。更有的，其他的她之前她之后的她的同行的诗人们，也都被她给“做掉”了——她的诗中有屈原、李白、李商隐、李清照、雪莱、郭沫若，甚至有当代的海子和于坚……而且全部超过了他们。那人人没有的，她都有；那些人人有的，她更有。但她，似乎并不知道也不想知道那些任何一个人的半点和零星，她自闭，她孤独，她的自闭和孤独是自觉和“必须的”。她一定要和所有的自己的同类叫做“人类”这种动物划清楚一条清晰的界限，她不可能让那么短暂的生命的时间“白耗费”在与她的同类的“周旋”之间，因为她注定是人类——这种物种的起源的代言人，她必须专注于和地球上星空中的一切的“非人类”——苍蝇、蜜蜂、臭虫、小草、白云、木星和大太阳的火红红的球——去接触、去对话、去谈情说爱、去眉来眼去、去含情脉脉或者去四目对峙、去据理力争……迪金森是“必须的”孤独的，因为她要珍惜时间，她是我们这种四个腿两条腿已经能够站立起来了的动物的“三个代表”，她是我们这个物种的知情人和保护神。她虽然自闭在“三寸金莲”样的斗室内，却顶天立地，却眼观六路耳听八方，却独自掌握着人类与一切非人类形状存在物之间交流沟通的“达芬奇密码”。她在潜伏着，她在隐匿着，她在用她那 1 800 组由她自己私人制定和掌握着的“密码”，绕过那被她小瞧着的无能的可有可无的“上帝”，向全宇宙发报！

迪金森的密码是我们至今无法全然解读的——仅用我们这样

的现代人的智力和才情，因为我们的绝大多数，终将被一把“地沟油”之火给草草焚烧得片甲不存，因为我们已经不会再有她那样的哪怕是不太舒适却是能接地气的——“地堡居住条件”，因为我们已经不再有和泥土掺和在一起长眠的妄想和可能，因为我们已经变得短命近视短视……

迪金森的1 800首诗歌，就好比是200年前地球上留下的1 800个“比特币”，比特币没出处，比特币没定义，比特币没权威没核心，但是，比特币们有的是能够被全人类似乎永远也挖不完的升值空间无尽的潜力；比特币是一座神秘得不能再神秘了的金矿……

艾米丽，你永远不会死的。

28.“齐天大”作品出版的“宏伟计划”（摘自和一位关注笔者作品的朋友的通信；2014年7月5日，星期六）

问曰：你又在写新书了？

答曰：呵呵，因为该出的书快出完了，所以必须接着干新活。我大概总要保持有新书在写，总有编辑在编，总有老书在再版、在翻译——这样一个长期的状态。

开文字工厂和开制造业工厂的原理是一样的，你注意到我每部书的背面都开始罗列“齐天大作品目录”吗？这就是一个广告单子，因为能写十余本书的中国作家不到1/10（张爱玲、王朔等人也不过如此），《爸爸的舌头》这两本书之后，我单本书的单子已经达到15本，总字数300余万，单从量上说已经走入中国作家的 1/10 之列了。《雕刻》如果顺利，应该能达到 400 万字，21~21 本。而我正在完成第 23 本（音乐），开始第 24 本（书法）。这些书都风格不同、主题不同、寓意也不同，覆盖语言、商业、职场、学术、哲学、教育、艺术等诸多方面，这是本人与他人不同之处。

随着明年再版程序的开始，由于资金不缺，书都是现成的，我这条生产线就将无休止地变换花样进行下去，如同交响乐的各种“变奏”，不久就会形成我当时设计的“鬼子全方位悄悄进村”的目的。而随着我某部书大投入和“大火”——在某一个缘由之下，或是我一次性的大投入，那些书上的“广告”都应发挥作用，起到激活读者的趣味和关注的作用。

我最终的目的是“人总在暗中写作，让书自己说话”，这是道家写作之道，即所谓的“大象无形”，作者本人逍遥自在，专心写作，不必介入那耗时耗精力的商业行为。这样书也才能写得“接地气”，才有意思，也才不会重复。

不过，从量上说我已经完成这个“伟大”计划和使命了，在 20 年不间断的写作之后。

能完成这件事的，据我所知，其实并没有多少人。

29. 隽文不朽之铁证——张爱玲的《异乡记》（2014 年 7 月 20 日，星期日）

前天，伴着敦煌到北京的以 Z 字打头的“直快”的火车的咚咚、还是在狭窄的上铺，我读着张爱玲的“外集”《异乡记》，我顿感这部三万六千字的短文，就是“隽文不朽”的铁证。

“外集”被编辑出版于作者过世后的这么多年之后，是个“未竟”的稿子，编者朱先生自己竟然说它——或许是个败笔。而我竟然认为，就是这三万六千字本来可能永远难以面世的“张氏遗作”，应该是自从有了文章、文学，尤其是“小说”这种“文”的载体之后，最了不起的一篇，是全人类全加起来的“第一文”。因此，它，肯定是、应该是，也必然是“不朽”的：因为作者的笔法不朽，因为作者的天资不朽，因为作者的境遇不朽，因为作者的聪慧不朽。同时呢，也因为作者的身世和遭际也不朽。这里说的“不朽”，我以为，就是前无古人后无来者之意，就是不可能重复再现之意。要笔杆子的，谁能做到不被人重复和复制，谁就会不朽。在同一家书店，我还买了一本同样是“外集”的张氏的英文自传小说的中译本《雷锋塔》，译者是位台湾的当代人，笔法与张氏被熟知的笔法极为相似，但也就是因为这个“极为相似”，更证明《异乡记》是不朽的：《异乡记》我以为但凡是活着的人，就不可能模仿得出来，它是极品中之极品，它唯自己独尊，它丝毫不具备可再生性，它生成于不可被复制之境遇，它被执笔于一只不可再生之“铁腕”，它灌注着大智慧大胸怀大情趣大喜以及大悲之心血的养分，因此，与之相比，《金锁记》《雷峰塔》都全然无色。正是因为了它，我心中的胡兰成之“文”也变得黯然失色和一文不文，也“什么都不是”了。

“不朽”出于比较，奇迹相对于平庸。

《异乡记》之技巧“绝活”在于无处不在的比喻，比喻得绝对出人之意料，而“意料之外”之所以出现，在于作者的一双“天眼”，那双天眼绝非只是“小文人”之眼。是罕见的智者和情圣的“觉悟”之眼，是洞穿之眼。同样一段的那么短的路程，在张氏的笔下，就能变为结合了儒道法外加耶稣基督的全知的“道路”，这条道，既可携你去天国，又能带你下地狱。这是一条不需端头的“没尾巴之路“，因而《异乡记》哪怕是没有结局，哪怕是只有断臀残臂，它也都是完整的。它的尾部，仿佛老子骑驴出函谷，又好比泰坦尼克大头朝下只剩一条船尾巴，它们无论怎样的“结局不理想”，都能给这个世界留下一个永久得不能再永久的美丽以及完满得不会再完满的悬念。

没有悬念的世界是不美好的，没有遗憾的世界是空虚的。

30.“桃色文人”沈从文后半生的文字不朽（2014年7月27日，星期日）

我对着“不朽”的紫竹院里的一潭湖水，读着复旦教授张新颖写的《沈从文的后半生》。在“后半生”的正文前写有沈从文关于文章不朽的一段话，大意和从前那些讨论文章不朽的前人的话是一样的：他说几百年过后、几千年过后，所有的大红大紫之人必然会腐朽，还能留下的，就只有好文章和好文字了——这些都不算什么，“算什么”的是他发出那番感慨的时候：那是他在新旧两种制度变换、在1949年前后、在他真的“疯癫了”之后、在他被当时地位如日中天的郭沫若批判成“桃色作家”、在外出时再也无人知晓他“沈从文”是何许人、再也拿不出新作品的时候，在那时刻他发出的这样的感慨。我以为老沈的这番感叹是一种“顽固的真实”，是实实在在的真理，更是“隽文不朽”的证词。

“不朽”者，“不休”也。民国文人在进入新社会之后的“后半集”（文人全集的后半部分，通常是后期作品以及书信），我翻过不少，就比如老郭的，阅读的感觉是他们大部分人的“后半集”都“休”了，都剩下应景的、“感觉良好”之作了。文人的“下半截”比较不大光彩和光鲜，从生理来说是正常的：生命的冲动已无有、成功后再启动的动力已失去，来日本来不多，何必用文字“自找苦头”？唯有命运用外力的狠命的一击打，或许才能使得文人的“文思”和激情在后半生回复、复原，甚至是萌发萌动，由此说，沈从文新制度之后留下的那400万字的书信中的“文气”当属万幸不可多得之作，何况还有他在1948~1949年“变疯了”时刻的那些天才的“疯人呓语”呢？那些话读来仿佛是尼采之言，但是比尼采之言更具小说家的文采。老沈最为精彩最有文学价值的书信中的“文”，是50~60时年代他在被遗忘被冷落的多年间从各地写给被她唤为“小妈妈”的老婆张兆和的书信，那些信记录的是两种大制度变更下的“小文人”们的真实得不能再真实的“第一手感觉”，它们由于是私信，因此是真诚的；它们由于是当时写的，因此是真实的；它们由于出自大文豪之笔，因此是“真正”的“文”。它们都是哲理之文、是真实之文、是真性情之文、是真绝妙之文。“文”只要具备了这几个要素，就绝不是什么“桃色文章”了，就会永久保质保鲜，就会永垂不朽；它们就连想速朽都是枉然，它们即使自己狠命想在百年千年后变丑变臭变腐朽变得熏得后人捂着鼻子逃窜都绝不可能！

31. 并不是为了忘却——博士论文出版纪念（2014年7月31日，星期四）

刚才从出版社把样书搬运回家。

鲁迅有篇文章叫做《为了忘却的纪念》，而我写这篇短文，是为了纪念博士论文的正式出版（书名为《日本语言文字脱亚入欧之路——日本近代言文一致问题初探》，知识产权出版社出版）。忘却有忘却的益处，记住有记住的好处，反正时光都是用来浪费掉的。

我的这部第14本出版发行的书，有着这样几个不像是什么意义的意义：第一，它是我的第一本用真名真姓出版的书。第二，它的成书。将我从公元2004年以来长达10年之久的其中故事颇多的"博士梦之旅"，给画上了一个彻底完满的句号。第三，这本接近30万字的书，将我到目前为止的作品出版字数，推到300万字的层次。中国文人能成就300万字之上的不算太多，当然，那些网络作家除外；当然，有人会说你生产了300万吨垃圾。第四，它是我至今出版的第一部"学术性"的著作，而且极为可能的，也是最后一部。

昨天在紫竹院还和两位朋友讨论地球和人类谁先不朽、书和写书的人谁先不朽的事情，因为我最近看到一篇文章，说目前我们使用的所有纸张——无论是书籍用的新闻纸还是报纸，它们的最长寿命只有短短的200年，200年一到，即使是被收藏在最适合书籍"休息"的地方，只要到了200年，它们都会稀里哗啦地散落成纸屑的残片。我忙问朋友，不是说电子版的能保存得更长久吗？朋友说非也，电子版书籍最怕的是太阳黑子的活动，只要黑子哪天不正常活动了，全天下的电子书就可能瞬间变为乌有。

书籍在200年后竟会有如此悲哀的命运，这让想通过出书而达到“永垂不朽”的“不可告人”目的的本人顿感内心一阵的拔凉，而正是大家讨论这个话题的第二天，今天，我就把这些“身世不凡”的博士论文的成书，给车载回家了。

这些书到底朽还是不朽，何时何地朽，它们的命运是“休”还是“不休”，反正，它们的最后“大结局”我是看不到的，因此，索性就甭管它吧！

此时想说的，也就这些。

32.《爸爸的舌头——天大谈艺录》出版纪念（2014年8月21日，星期四）

《妈妈的舌头》的出版是20世纪的最后一年（1999），而今，她的姊妹篇《爸爸的舌头——天大谈艺录》也终于问世，因此，我特想写此文纪念，因为我不知道，在“妈妈、爸爸”的“舌头”之后，还会不会有其他的以mother/father 一类的念起来颇为让人不解的“舌头”比如“丈母娘的舌头”之类的，但我想，它们，基本上是不会再有了。

《妈妈的舌头》是说语言的，《爸爸的舌头》是说文艺的，而在“文艺”中我集中说的是文学，在“文学”中又专门写了“怎么写文学作品”，因此，那个“艺”是个非常狭义的“艺”，只是中国古人说的“六艺”中的一种“雕虫小技”而已。我真的想学习沈从文，在告别小说后被发配到紫禁城的午门上、到历史博物馆的大堂里——去当10年的解说员，我也冒着寒风，我也呛着灰尘，然后呢，15年过后，我也拿出一部大部头的《中国古代服饰研究》来，朝桌子上一摔，如同打地滚球一样，将自己前半生的所有“小文学”之“艺”、“小说”之“艺”的球统统打得四散而逃。从而，从“小说”之“小艺”、从“小道消息传播者”（写小说的），一跃变为精通第二种“艺”（“六艺”中的）的大玩家、多面玩家，而那，才叫不朽的、不休的、不锈的人生哩……但是本人不能，沈从文之人生是复习不来的，因为“文革”的苦难岁月不再，因为人们不可能为了写书、为了成就一个文人而再来一回“文化革命”。太平世界于“艺”说，那可悲；于世道说，那可喜。也就是说，伟大的文字的艺人之产生，绝对是悲惨世道之极其偶然性的作品。

《爸爸的舌头》虽然成书于今年，2014年，写作却距离《妈妈的舌头》不远，前者是上世纪末，后者是新世纪初（2004~2005），但今天读着，二者的味道却不大相同。前者像是“北冰洋汽水”，饮起来痛快极了，后者却仿佛杭州的臭豆腐，臭气中带着营养，这都是因为写作时候的境遇不同也！前期目空一切，后期失魂落魄，前者高调门吹拉弹唱，后者却如同拉着痢疾放臭屁，但前者有“爽”的快意，后者有“憋”的深沉。还好，写成后10年没动它了，也都快忘了，书成之后，在从出版社回家的出租车上担惊受怕地读着《爸爸的舌头》的样书，竟然，也极其满意起来。

“谈艺”的书是非常难写的。我当年想用浅薄之笔力，和吾师钱钟书之《谈艺录》叫板，我叫的法子，不是拼读书之功力，而是往书堆子中间掺进生活，让生活的鲜活的“臭气”渗透进书箱之墨香，因为只有那么做，才能制成“味道好极了”的“臭豆腐”，那样好书才是好书。骨子中我认为“艺”必须是“活”的，是接地的，咋接地，咋活？无非生、活也！

和那些长篇的东西相比，写“爸爸”于我，竟然并未留下什么印象深刻的“创作状态记忆”——身心上面的：当你几个月写一部长篇时（比如《美国总统牌马桶》《谁出卖的西湖》），你的身体在经过10多年、20多年之后还能记得当时那个阶段的“肉体感觉”，而且每一本书和每一本书的感觉都不一样。写《美国总统牌马桶》的那几个月就好比天天在厕所里蹲着，写《谁出卖的西湖》的那个月就仿佛是西湖中活得非常难受的醋鱼，但写《爸爸的舌头》的感觉却全然没有记住，是因为它是几个“未竟稿”的合成吗？可能是，反正虽然写它们（那些个短文）时也打过“神经的摆子”，但多是短期的，既没有累得头晕眼花，也没有变得神经兮兮，更没有感染今日非洲正肆虐着的、能让人七窍出血嘴眼歪斜的“埃博拉病毒”，因此可以说，《爸爸的舌头》是公元2004~2005年的一部“一不留神就大脑受孕、就把孩子生下来了”——一样的作品。

是为纪念。

33. 关于“文”，沈从文的那段“不朽名言”（2014年8月31日，星期日）

在《沈从文的后半生》正文的前面，抄录有沈从文的这样一段写于1952年的关于“文”的名言：“万千人在历史中而动，或一时功名赫赫，或身边财富万千，存在的即俨然千载永葆……

但是，一通过时间，什么也留不下，过去了……另外一些生死两寂寞的人，从文字保留下来的东东西西，却成了唯一联接历史沟通人我的工具。因之历史如相连续，为时空所阻隔的情感，千载之下百世之后还如相晤对。”

这段话是我本人迄今为止读到的最好的一段关于“文”的名言，即使沈从文在信中写下这段话时，或许根本没有意识到它将变成一段名言，但我预料，它将和哈姆雷特在悬崖边说的“你让我生，还是叫我死？”和《钢铁是怎样炼成的》里面保尔·柯察金说的那段“人最宝贵的是生命，生命对于每个人来说只有一次。人的一生应该这样度过：回首往事，他不会因为虚度年华而悔恨，也不会因为碌碌无为而羞愧；临终之际，他能够说：‘我的整个生命和全部精力，都献给了世界上最壮丽的事业——为解放全人类而斗争’”以及毛泽东的好战士雷锋同志所说的“人的生命是有限的，我要把有限的生命投入到无限的为人民服务的事业中去”——等同价值，都将永垂不朽并与日月同辉。

沈从文的这段话是写书人的“男子汉宣言”，这段话，是他在新旧制度之交的极其不适应和纠结的时段写的，在那之前他差点疯掉，不，其实他已经疯了，但后来他又渐渐不疯了。在恢复了精神的健康之后，沈从文偶然到了另外一个城市，偶然发现那里生活着的人们还从容依旧，似乎世界并没有发生那么大的变故，大到能令人发疯的程度。一句话，往日的熟悉的生活还在不经意中顽强地延续着，人们还在“麻木地”想怎么活着就怎么活着，而且活得还挺正常还挺好的。于是，他的文人的隔世再生、犹生的感慨从心而发，而感叹，而庆幸，于是，他就在给家人的信中，写下了那样的一段话。那段话他之所以能写，说明他还坚信文字的超越时空的“超常能力”，而且在历史上，文字所扮演的，是一种连续、延续、延时、经久不衰的“正能量”，正是那股子似乎既看不见又摸不到的“能量之气”，将历史一段段记载记录了下来，将原本偶然随机存在的一个个个体的人和事物，给“串成”了仿佛是本来就能连续着阅读的“故事中的人和事”，而这故事，其实就是一部大大的“小说”的胚子，就是一整部“连续剧”，就是一大本“评书”，就是被千古以来仿佛是“史官大人”们的一代代“作家、作者们”编就后又被人类信以为真了的故事。

而人类一旦缺乏了这种“故事感”，人类活着和活下去的意义何在？尤其是当战功获得者在死后变得可算数可不算数有时候还搞不清杀人是对还是错、当财富的主人在肉体消亡后财富变得没着没落或者继承的人都没干没系之后，于是剩下的，就只有历代文人们生前、生时用笔墨——无论是石刻的“刀笔”，还是动物尾巴毛做的“毛笔”，抑或是电脑键盘上用的“指笔”（本人现在这模样的），抄写和镌刻下来的这些个或是有意或是无意、或是认真或是不认真、或是正式或是非正式、或是正经或是不正经的文字了。

只有这些文字才真能不朽。

有了文字的记录，才有了能连成书的“故事”；有了“故事”，才有了“情结”；有了“情结”，才有了对未来情结的推想。而那种对未来的、对过去发生过的事情的未来“走向”的新的构思、构建和期待，不就是大人物们所说所编织的什么“梦”吗？

都说“美国梦、中国梦、非洲梦”的，那些个“梦”不就是这么来的吗？也都能算是“文字梦”吧。

34.“不朽、不休、不锈、不羞”——这部集子的“书眼”

（2014年9月5日，星期五）

一般，我总喜欢将每次写的那个“集子”，非常勉强地分成四个部分，这是参照了我喜欢的交响乐的法子做的，而且，在每四个“分部”里面，我还喜欢零星地安插进几个解读整个“交响曲”的“机关”，这一个小节，就是《四个不朽》的那个“小机关”了。这个机关打开了，就像是你触摸到了这部“交响曲”的整个身子中间的那个“肚脐眼儿”，你就能提纲挈领地把这整个集子，给解析得通透了。

这部书中，有我发明的两个“四”：

四个不朽——生活、隽文、音乐、书法；

外加四个——不朽、不休、不锈、不羞。

将以上的两组按照数学的排列组合原理排列的话，那么得出的“结果”将会是十分多的，多得能让你眼花缭乱。

如生活不朽、生活不休、生活不锈、生活不羞……

再如，不休的隽文、不朽的音乐、不羞的书法、不锈的生活……

…………

它们可以相加、相乘、相减；它们甚至可以开平方甚至于扩大缩减n倍，直至无穷大或无穷小……

单纯从“文”上来说，“文章”的“不朽、不休、不绣、不羞”是什么意思呢？

文章的“不朽”，当然是创作文章的文人的终极目标和最崇高的理想；1952年沈从文的那番哈姆雷特式的“领悟之言”就是最好的诠释。我写文章的“最高纲领”亦是如此。

文章的“不休”：写作不休、思考不休、句子喋喋不休？王蒙老前辈都80多岁了，都写了1 700万字了，还在写，还能写出《闷与狂》那类的似乎出自纯情少年之手的书，就是写作的“不休”。

只要手指还能敲打键盘，写书写得“不休”不难，难的是写出来的东西不失生命力——“不锈”；这要头脑不休息、不生锈，要写作技巧不断翻新，要文章主题不断更换，还要生活不休、不锈——不重复、不重样：这个要求最高，因为人的生活一旦“顺风顺水”，惰性必然滋生，必然凭借惯性而不是开创性活下去。王蒙的新书虽然心气不减，技法也有所变化，但内容却都是旧日生活的重复摹写。因此，这部新作，其实是部“半锈之作”，但人活到80岁还都只是“半锈”——“半锈”一半发生于本人这个半百之年，因此，老王还是非常“牛”的！

将写成的书拿给人看不害羞，叫做“不羞”。“羞与不羞”自己应该知道，有的真羞，有的半羞，有的脸皮厚不知道羞，有的别人看得都不好意思自己却不知道羞怯……有的在国内被读者骂得稀里哗啦的在国外却大受吹捧，作者自己竟误以为写的就是“全人类不朽之作”，这，也是一种变了样的不知羞耻吧！

生活不休、不重样，对生活的悟性和好奇心不干枯，写出来的“东东西西”（沈从文语）才不腐朽，拿出来也不害羞，否则，即使是不停歇地写上半辈子一辈子（不休），文气也会半途中断，文章也不可能在文史中间“不朽”地存活下去——无论你那种文字和文章用什么样的材质往后代传承——我是指无论用乌龟壳子的甲骨文，还是用竹简、用宣纸、用草纸或是电子的pad之类的，也无论写书时用刀斧还是用毛笔、用手指头（指书），哪怕是蘸着血写！对，即使用血书写的“反动标语（反时代的）”，还是会迅速风化掉，也是不能不朽的！

35. 哲人汤一介先生不朽（2014年9月13日，星期六）

汤一介先生既是我的“一堂课之师”，也算是我的“师爷”，因此，今天到北大的灵堂去凭吊。

听汤先生那堂课大约是在2002年，是在北大东门附近的“治贝子园”。那算是现在北大红红火火而且奇贵的“国学班”的第一班，是哲学系冀建中老师主办的。我和同在“伦理学研究生班”学习的张卫平兄是第一批发烧友，请来的“大师们”既包括汤先生，也包括汤先生的夫人、过后我的“师奶”乐黛云老师（乐先生是我的导师陈跃红的老师）。

汤先生那堂课至今记忆犹新。汤先生给人的突出印象就是随和，讲课干干净净的，是个谦谦君子。记得他那天说儒家的最高境界是“和而不同”，这，后来我也经常在课堂上给我的学生模仿。那天汤先生还说“哲学家”和“哲学工作者”不是一个档次的，他肯定地说现今所有哲学系的老师们都不是“哲学家”，而只是“哲学工作者”——他的这种定义方法，正好为我俩解了当时的“疑”，因为正好我们上“伦理班”的同学都对授课老师们的水平课上课下表示质疑，有的老师——那几个特别像“工作者”却貌似“哲学家”的老师，还被我们集体弹劾下了课堂。正因为那件事，后来一直当着大学教师的我本人至今都极其地惧怕学生，生怕哪天也被学生们用我们当初使用的方式给轰下讲台。

从汤先生的灵堂出来后，今天我一直在琢磨着10多年前汤先生所说的那个“哲学家vs哲学工作者”的命题。我的理解是甭管先生们教授的内容是什么——那并不重要，但只要先生（教师）在教授的时候能掺杂进自己独特的领悟和思考，他，就已经能上升到“家”而不是“者”的高位上了。从这层意思上说，汤先生当时已经悟彻到“者、家”之别，这种早于他人之觉悟，就可以让一介先生成为“一代哲学家”了吧！

“一介”的名字极好，是从“一介书生”而来？汤先生的名字特别像是个笔名。其实汤先生的今生今世并不是那么的平坦，这，有大量的事迹为证。汤先生在哲学上的“出道”起始于“文革”过后的20世纪70年代末，那时候他已经年过五十，已到了我今天这个年龄段上了；乐先生也是同样，也是半百过后才只身闯入“比较文学之道”并开创了中国此学界的一片天地，由此，我想或许“文史哲”就是个“老年人的事业”，“文”或许不完全是，但哲学之事是攸关宇宙天道与大智大慧之学问，20岁出头的学生怎么能够从书本中走进来和走出来呢？因此，哲学之“重大成果”肯定应该出在一个“哲学工作者”的后半生（无论他的寿数是长是短）、在他经过万般字面的阅读钻研并将生命之体验、之历练融入那些纸堆子之后。因此，汤先生和乐先生这一对中国最著名的“哲、文伉俪”在家中茶余饭后的不经意的聊天和交流，就成了引领中国两大学界（哲学和比较文学）的最权威、最新潮、最前卫、最具突破性的“最高指示”和方向标了，这，难道不是文科这种学术的最有意思和最值得回味的“大佳话”和“大罗曼蒂克”吗？

现在，汤先生先去了，真不知那么睿智的乐老师如何面对未来的没有了“大哲学家伴侣”的一座空房。

治贝子园和汤先生、乐先生饮茶聊天的日子已经过去10多年了，其实，我当时尽管在张卫平的照相机中也留下了和两位先生的合影，但照片都被老张私藏走了——我那时候并没有预知那么平易近人的汤先生十余年后能被尊为“国宝”——这，就和1980年在北大图书馆前向季羡林先生讨要他的名字还不知道他究竟是谁一样。今天，我毕恭毕敬地在汤先生那依然和蔼睿智的遗像前深深地鞠了三躬——几年前我也是这般给季羡林先生的遗像鞠躬的。于我，他们都是可爱可亲的老人，走了也就走了，我去是和他们道别，心里虽然难受但说特别的悲哀算是一种附会，而且，在汤先生那么明白大事的满腹哲理的老人的眼中，死亡这种必将会发生在每一个人的人生路尾巴上的事情，绝对的，没有更多的人能比他看得清清楚楚和从从容容。我是说，对于睿智的哲学家们的逝去，哭，是没有太多的意义和依据的，他们，汤先生、季先生，就仿佛是我本周四刚在国家大剧院听过的意大利歌剧《诺尔玛》中的那段听着似乎能让人看到太空中的美轮美奂的星云的咏叹调“圣洁的女神”一模一样，能在哀歌中尽情地享受脱离人世之后的清福和太平。

哲人汤老先生不朽。

36. 王道士，连你也想不朽？（2014年9月21日，星期日）

本人今夏的敦煌之行，除了在路过的张掖发现了一个睡姿特别完美的大佛之外，另一个获得的“惊奇”，就是惊奇于被余秋雨老师在《文化苦旅》里批评得那么狠的“王道士”，其实也有闪光的一面，也并不完全是“千古罪人”。王道士把那么多佛经卖给了英国籍犹太人斯坦因，这是我知道的，我不知道的，是王道士用换来的钱财，大修特修了保护藏经洞的阁楼，这，增加了我对他的好奇。我带着这种好奇打听王道士的最终去处，做导游的小孩子说：“他的墓就在门口售票处的对面。”我于是，就加紧了步伐，我想看看那个照片上长得“十分低调”的“千古罪人”的身后，是个怎样的下场。我于是，十分顺利地看到了“收容”王道士的那个十分显眼地矗立在售票厅对面的——他的那个墓塔。那个塔保护得蛮不错，碑文也保持得挺好。我在碑文上，竟然看到了一篇他的弟子们写得那么声情并茂的、赞颂“吾师王氏”的悼词，悼词末尾说他们的师傅的功德与日月同辉之类的。我于是诧异了，我仔细分析起他的那些个弟子为他树碑立传的用意：弟子好歹都是要说老师是伟人的，因为老师于他们是个招牌，招牌不亮了他们自己也无光，因此，但凡师傅不是地痞流氓和泼皮的，只要师傅还有那么点滴的功德，弟子们都会在记录事迹的时候粉饰一下，这就仿佛是自己的客厅，来人之前，注定是要打扫美观一下的，总不能有徒子徒孙喜欢说“我是大浑蛋的弟子”吧！但王道士的徒子徒孙们为他树碑立传的本意，我思忖着，似乎要超过于一般意义上的“打大旗”和“拉幌子”。王道士确实是个说不清道不明的人物：他先去为修缮敦煌化缘，钱没化来，却化来了一个“居心不良”的老犹太斯坦因，后者似乎也不完全是为了钱财，斯坦因也是文物迷，至于他把敦煌的文物运走并保护到大英博物馆等处，究竟是对那些文物的“罪”还是“德”，似乎也说不清楚，因为这次我一路“二下西北”，我吃惊于“文革”对西北的文物冲击那么大，比如张掖的那个大睡佛的肚子，就被千里迢迢从北京去的红卫兵给“开膛破肚”了，还有，嘉峪关里的一座庙呀什么的也被连根打烂了，谁会知道“文革”中那些个藏在洞洞里的经书会遭到何等的厄运呢？这样说来，反而斯坦因和老王道士竟变成先知先觉的“文物保护者”了。这可不完全是谬论呀！“论”的谬与不谬，不完全在于论什么和咋样论，而在于历史的“实绩”对那番议论实际上的诠释。王道士把经卖给斯坦因是一段不变的事实，是不光彩和不容翻案的，但敦煌后来因为文物在西方引发轰动并引发对中国文物的“保护热”且今日变得繁繁荣荣、热热闹闹的，这就对王道士和斯坦因当年在那个洞里鬼鬼祟祟、得得瑟瑟的“文物倒卖行径”，竟赋予了新的意义。

老王头究竟是个真道士还是个假道士、是个真罪人还是个假罪人、是个真“伟大导师”还是个被借走粉饰弟子们的门面的一尊“伪佛”，其实都是说不清楚的事情。我在写这篇文章时，就像余秋雨老师借批王道士显示自己特别有民族情感时候一样，也有一点私心，就是也借用老王头的例子，证明人的内心都有一种想要不朽、不休的欲念，这种心思，就连“千古罪人”老王都有。他没有，他的弟子也会把他扶持起来，为他立塔树碑，往他脸上贴金抹银，然后呢，都把自己幻想成莫高窟中的那些站着跪着上千年了的壁画中的人物，也都想成为需要后人认真保护的“重要文物”。

37. 张贤亮的经历不朽（2014年9月28日，星期日）

作家张贤亮昨日去世了，这个消息还是挺让人震惊的：对于一个万众熟知的文化人，一旦一个走掉了，走掉的同时也是你我的一个“心思”，而这，就是文化人和文艺的力量，那种力量，把你我的心思像丝绸一样地扯远。

张贤亮的文章，好像前两天还在《南方周末》上读过，他说不好意思看自己的“文集”出版，还在出版前预先告诉读者：你们别期待太高、太全（注明：后来核实不是张贤亮而是张承志写的），而昨天，他人就没了。他是个大大的性情中人，据自己说，40岁之前没有过和异性的接触，40岁过后，一下子就有了20多个情人，因此，从是右派、是劳改犯、是处男到是大众情人、是可怜天下的影城CEO。他那个影城我亲自去过。张老师，他真是个全天下不可再得之人。因此我说，他的经历不朽；不朽的、不可再复制、你即便让谁重复也没人愿意真干的（先处男到40岁再有上个20个情人）的经历，外加他的一片真情，才成就了“张贤亮”这个独一无二的品牌。因此说，这个品牌是不好复制的，是丢了就不再有的，是走一个没一个的绝境色。

祈愿张老师在天堂中更加风流！

38. 民国——文学的“黄金时代”？（2014年10月7日，星期二）

今天看了许鞍华导演、汤唯主演的电影《黄金时代》，算是为这个“国庆黄金周”镶上了最后的一道金边。

《黄金时代》的片名来自这段文字：

——1936年11月19日萧红在日本给萧军的长信

窗上洒满着白月的当儿，我愿意关了灯，坐下来沉默一些时候，就在这沉默中，忽然像有警钟似的来到我的心上：“这不就是我的黄金时代吗？此刻。”于是我摸着桌布，回身摸着藤椅的边沿，而后把手举到面前，模模糊糊的，但确认这是自己的手，而后再看到那单细的窗棂上去。是的，自己就在日本。自由和舒适，平静和安闲，经济一点也不压迫，这真是黄金时代，但又多么寂寞的黄金时代呀！别人的黄金时代是舒展着翅膀过的，而我的黄金时代，是在笼子里过的。从此我又想到了别的，什么事来到我这里就不对了，也不是时候了。对于自己的平安，显然是有些不惯，所以又爱这平安，又怕这平安。

从这个电影中走出来，可不是件容易的事情。萧红和鲁迅手下的那一叠叠稿纸以及纸上的墨迹，能引起我对于自己写作20年经历的片片回忆。算是同行嘛。写作者的“黄金时代”——萧红上面那段话中说的，按照许鞍华的说法，是一种“反讽”——萧红认为那个在日本写书时的她并不真处于自己的“黄金时代”，但讽刺的另外一面的真实——假若你从她人生的经历的“全貌”上俯瞰的话，那一年却恰恰是她的golden era，这，就使得这句话具有可广泛推展的意义了：我们或许不知不觉地都处于或都不处于自己一生的那个金黄的、最美妙的阶段上面，但对此，你我他的生命假若不“收场”的话，你我在活生生的时候是永远也不可能“亲自知道”的，这其实，就是生命本身的神秘性和冒险性的一种最逼近真实的残酷残忍表现。现在都在反腐，那些被宣判成“贪官”的人，他们自己的“黄金时代”是哪一骨节他们自己知道吗？他们假如没被抓住的话，那么是在后面，假如今天被抓的话，那么是在前面……如此种种，当然，在讨论民国才女萧红的这段文章中把贪官给掺和进来，是我极其不情愿的。

多么令人迷恋的“民国”——我看完《黄金时代》之后想，从文学的角度来说，“民国”是说不尽道不完的，其中有封建时代的腐烂，有殖民地原汁原味的西方文化，有战乱有逃亡，有军阀有娼妓，这些，无疑都是“文学”这个如吸血鬼样对人性之富饶贪婪得不得了的“学科”所梦寐以求的，那些糜烂的东西必然是展示人性最地道最立体的平台。文学对于苦难的需要好比人们对美国灾难大片的饥渴，因此，但凡沾着民国基因的“东东西西”于我们，都是值得无限回味和咀嚼的“大白兔奶糖”，因此脚站在文字艺术的树桩上面，我想对民国致敬。

傍晚，读被誉为“民国最后一位隐士”的百岁杨绛写的小说《洗澡之后》。杨绛先生真不愧是和萧红、鲁迅共呼吸过一段民国气息的还健在的“活民国人”，都百岁了，下笔还有那么浓的“民国味儿”，还能将民国的澡堂子中的水蒸气用字符蒸馏，真文字大范儿也！

39. 托尔斯泰和我写作的师承（2014年11月22日，星期六）

昨天到国博看了“列夫·托尔斯泰与他的时代”展。我是抱着去看“老师的遗物”的心理准备去的，因为，托尔斯泰——我可以在此处坦白——是本人写作的几位重要的引领者之一，之二，应该是雨果，之三应该是钱钟书，还有就是鲁迅、王小波，等等。在大学时代我曾将几个人的几乎所有留下的文字差不多读遍了，他们统共有三五个人：第一是马克思，第二是托尔斯泰，第三是雨果，第四是黑格尔。从马克思的文字的毛孔中，你能读到智慧；在托尔斯泰的大白胡子中，你能读到“仁义”；在雨果的“小白胡子”里，你能读到“博大精深”和混合着理性的浪漫；在黑格尔那些对于德国人来说还不算最晦涩的哲学著作中，你获得的是，从枯燥中忽然领悟出来的“精神快感”；至于钱钟书、鲁迅和王小波的文字给你的启示，其实是幽默和好玩。

我，混同在一个已经预约好了的团体中间，听着国博的那位水平颇高的讲解员抑扬顿挫地讲述着托尔斯泰的精神和物质生活。此时，展厅中回荡着能让“托师傅”一听就潸然落泪，记得我头一次听到时也心潮起伏的柴可夫斯基的“如歌的行板”，我不时从听讲的人群中游离出去，我想看看那些携带着“老师”DNA的实物：他出走那天带的灰白色帽子和深色的大手套、他的手稿，尤其是那几部最重要的——《战争与和平》《安娜·卡列尼娜》《复活》的原始草稿。我发现“托老师”写书时非常喜欢一遍遍地改写（我的文章从不改写），我还发现至今——即使我已经学习过那么久的俄文了，由于他的手稿都是用小写体写的，我还是分辨不太清楚他手稿中的文字的意思——这当然，是由于我从来没有认真地学习过，我学习俄文的目的，最多是找到俄语的感觉。

非常绅士的讲解员在不停地述说着什么是“托尔斯泰主义”、为什么是俄罗斯实施“国家双头鹰战略”。我呢，则一边听着，一边在展品前驻足，一边思忖着究竟“托老师”书中行文中的那些博爱精神的种子是怎样被播散在我这个100多年之后的“中国作者”的身体中的，那些种子又是怎么生根发芽以致生长得如此肥硕和一发而不可收的。难道不是吗？我写的《电梯工余力》《我爱北京公交车》乃至这部2014年的名为《四个不朽》的集子中的头一部分“生活不朽”中的这些活人、活事以及活的想法，这些包括本人在内的“小人小事”以及对它们的甚至可以说“极端热忱”的关心关怀，不都是受了托翁的影响，不都是“托尔斯泰主义”的直接或是间接的履行和继承吗？文学上有“互文性”一说，被一种文学影响后再将其精神在自己的行为中贯彻直至将之用自家的文字记录写下、形成携带老师基因的“东东西西”，这个过程似乎又超越了文对文、字对字的书本之间“互文性”。或者，我能用“互文实践性”这样一个组合的词语命名之？

托翁展之后我又去了“不尽丹心——蒋兆和11年纪念展”，像驻足在“托老师”临死前穿戴的灰白帽子和深色大手套前面似的，我也在那幅不知还能再次看得见看不见的《流亡图》（它隔许多年才出来亮相一次）前面不舍驻足。不知因何，在那幅只看一眼就能将人的五脏六腑都震荡出来的水墨画里面，分明地，我又见识了一次真真实实的“托尔斯泰精神”！

第三章

音乐不朽——

一个门外观众的国家大剧院

1.《塞维利亚理发师》——还有一个费加罗？（2011 年 11 月 28 日，星期一）

这些小品文都是写音乐的，其中多数是关于国家大剧院的，而且是用“门外”的手法和尺度写的。所谓的“门外”，说的是“门外汉”，具体地说就是不识谱。之所以萌发了写这么一本书的想法，是因为我的确是个跨度 30 年的音乐票友——尤其是西方古典音乐，其次呢，是因为到目前为止，还真的没见到一本由特别“门外”的人写的特别专业的关于音乐欣赏的书——最起码是用我的这部书的写法写的。写得比较好的有余华的一本、刘雪枫的一本以及另外一位上海老票友的一本，但它们大多太正式和正经。其实，票友就只是票友，票友又何必特别的专业和高雅呢？

我昨晚看的是在这个国家大剧院的歌剧舞台上，是罗西尼的《塞维利亚的理发师》，是由“大师”洛林·马泽尔指挥的，也是最后一场。

走出地铁后，我见到了几个半价抛售演出票的“小黄牛”，由于离演出就剩下不到 20 分钟了，那几头“小牛党”甩票的态度非常的坚决，就像非要抛出手里的烫手的山芋似的——我想到假如他们到时候甩不掉的话，这些人是否要硬着头皮“不听白不听”地去听那些对一般人非常枯燥的西洋交响乐和歌剧呢？要是“黄牛”篮球票尚好，尤其是有姚明出场的。有意思的是过后我在三楼坐定听歌戏的时候，一个怎么看怎么都不像是喜欢西洋歌剧的小伙子的屁股就落在了我的身旁。我过后一想，此小伙子可能就是一头年轻的黄牛。

传说中的“大师”老马泽尔出场了，掌声响了起来。由于是在160元一张的、最便宜的三楼的座位上，我可以俯瞰到那个乐池和乐池中的他和他的乐队。他82岁了，但风度翩翩，不胖不瘦，正好指挥，指挥中特别胖的——我从前见过的，是李德伦；在乐池中指挥歌剧的——我见过的女的，是郑小英：那是在“天桥剧场”，是20世纪80年代，当时郑小英英姿飒爽，颇有男子的雄风却不失女子之优雅。前些日子忘了在什么媒体上又见到了郑小英，但她已经是满头的银丝——看来音乐不老人会老。

“理发师”的序曲一听就知道，非常的耳熟，应该是在“三高”（帕瓦罗蒂他们）登台时候常演奏的，能和比才的《卡门》的序曲媲美。但遗憾的是“理发师”并没能在后面的四幕剧中反复切磋和变奏“序曲”中的这些好的旋律，正好相反，我几乎没能在后面的四幕剧中找到任何能让人过耳不忘的旋律——这和《卡门》《蝴蝶夫人》迥然不同，所以，我很难给罗西尼的才华打上高分。罗西尼据说只用了8天就完成了这部大作，但好的旋律就仿佛是天上的飞燕，你要伺机耐心才得一见，祈求用8天就能找到那么多长段歌词的优美旋律，几乎是不可能的，所以整场的“理发师”都是在利用演员的嗓音、利用不同方式的和声在“炫耀”着声音的“和谐”，却鲜有我期待的天才的旋律。

“理发师”的布景却是一绝，是视觉艺术家张武的杰作（《北京晚报》评语）。它使人一下子到了南欧，到了意大利、西班牙。我第一次到意大利的时候就是这种感觉，突然的，时间被冷冻住了，你到了中世纪的石头建筑之中，你听到的看到的是中世纪的声音和人。“理发师”中的故事无疑也是“中世纪”的——即使它比中世纪要现代：一个伯爵和一个老朽的医生争夺一个叫罗西娜的女孩儿，本来在“中世纪”只要一个伯爵一招呼，民女罗西娜是不会不倾心的，那时候的伯爵有钱有势还有地，相当于今天开着“宝马”的开发商和富豪，是许多人宁可在他们的庄园中哭也不愿嫁给那些穷小子们的“富小子”。但伯爵觉得直接求婚不够浪漫和刺激，就假装成落魄分子，就纠集了一帮人，动用种种的煽情或恶作剧的方式和那个半死不活的“老西医”争风吃醋，但结局在最关键时刻，他还是把“俺是伯爵”的底牌给亮了，宣布把一笔巨大的财富给那个“老西医”而得到了罗西娜，让所有人皆大欢喜。

看来，哪个时代都有哪个时代的“老钻石”，有剩男有剩女，有有钱的有没钱的，有真情的有假意的，这些，都给那些写喜剧的人提供了素材。但我并不太喜欢这种“理发师”似的喜剧，和莫里哀的喜剧相比，“理发师”虽然在喜剧中展开了歌喉，让人物们唱起来了，但“喜剧”的色调太明显太直白，也就太浅显了，哦，我想到了——因此它，这“理发师”里就找不到一段，哪怕是一段，让人衷肠牵动的旋律！莫非好的旋律都滚动于悲剧之中？

或许本人还是第一次用意大利文听整场的歌剧，但整个歌剧院中能跟得上演员原语言——意大利文的，除了本人还有几个？当然，我是参照着中文、英文字幕才能跟得上意大利文的原唱的，但那可是19世纪的老意大利文呀，听起来却那般的正宗和悦耳，由于能跟上，我在心中洋洋得意。我于是对周围的尤其是身边的那些长得愣头青似的“小黄牛”——他们绝对都听不懂字正腔圆的意大利语，也无从消受那其中的那么多好听的“元音”（意大利文语尾特征）——深表遗憾！

《理发师》里也有一个费加罗，回家一查，才知道此费加罗乃彼费加罗也！就是莫扎特《费加罗婚礼》中的那个费加罗，是同一个文学人物的前后段故事。那场《费加罗婚礼》还是20世纪80年代在海淀剧场看的哩。

30年过后，费加罗又魂归歌剧舞台。

2. 一场原本没打算听的《马六交响曲》（2011年12月3日，星期六）

昨晚当大家都纷纷离去的时候，我才知道音乐会结束了；我原本花280元是想去听德沃夏克的《自新大陆》，而这个捷克交响乐团却只演了《马勒第六交响曲》。“马六”“马六”——“跑马溜溜的它哟”！

指挥是德国的“大师”弗洛尔。凡是来国家大剧院的指挥——你如果看介绍，就没有一个不是“大师”的。就连本人现在全球热销的英文小说《电梯工余力》上介绍我时，也说我是个Master——“硕士”或者是“大师”，于是，我对“大师”特别习以为常。但这个弗洛尔倒的确是我认为的大师：大师的步态、大师的舞姿、大师的果断以及大师的体力——这个“马六”超长，几乎所有的乐章都像是单独的一部交响曲，尤其是第四乐章，你原本以为它该完了，但它又开始了、又快结束，之后再开始、再快结束，使人误以为作曲的马勒在用冗长的、不着调儿的、永无休止的尾巴，在恶作剧地折磨和考验着指挥他这部交响曲的指挥的体能，马勒的死魂灵说：“我看你小子还能坚持多久，哎，再跳一会儿，来，再坚持一会儿……”那个指挥呢，就要在指挥台子上无休止地做各类的体操动作，直到昏死过去——我是说那些体能不好的、血压高的俺这类的“大师”，但58岁的德国人弗洛尔他却不会，他一看背影就是“德甲”球星的体魄，指挥时他像是个能把千军万马调动得热血沸腾的将军，有激情，颇似小泽征尔；有虎背熊腰，颇像李德伦。

回家翻看刘雪枫写的《交响乐导读》，我才知道马勒和卡夫卡一样也是捷克出生的，由此，我才觉得听一场由捷克人演奏的、由“捷克人马勒”作曲的交响曲，也算是原汁就了原味。听马勒的确就像读卡夫卡：没有主旋律之美，但有细节的机智畅快以及无数的诡异的小聪明。我一贯以为“三无”（无祖国、无民族、无语言）的犹太人在他们所有的艺术作品中从没有对世界的无保留的真爱，有的只是狐疑、猜忌、仇恨和好奇，在“马六”中也是如此，你刚刚在第三乐章中体会了一点点的衷肠和似水柔情，第四乐章的鼓号声响起后马勒就又开始他的用器乐和他的小聪明和人间世界以及地球的决斗了，他开始想算总账了，他用死亡的魔影在和让他恨也不是爱也不是的人类和大地捣乱，在捉着迷藏，他动用了所有能发声的器皿，比如，他用了一种谁都没用过的手段——用一把大铁锤砸一个空心的大桌子：一个“音乐家”半途走出来，像捣毁公物的大坏蛋那样随着弗洛尔的手势“咚”地用大铁锤砸那个空心桌子的桌面。那个“破坏者”一会儿出来一次，砸完后就回去；他总共出场过三次，也抡圆了“表演”了三次。

我好奇：那桌子是什么材料制的？万一他和指挥弗洛尔没配合好，提前或滞后狠砸桌子，会咋样？

3. 拉赫玛尼诺夫的泛滥激情和指挥陈佐湟的探戈舞

（2011 年 12 月 12 日，星期一）

演出时间：12 月 10 日；曲目：拉赫玛尼诺夫第三钢琴曲；柴可夫斯基第六交响曲。

演奏钢琴的是俄国大师史蒂芬·贺夫；贺夫今晚穿的不是“和服”而是唐装。贺夫和我以前看的所有俄国钢琴大师一样——印象中只有俄罗斯才出真正的钢琴大师，他体力也比较好，能演奏这个据说是最耗体力的钢琴曲。但我从拉赫玛尼诺夫的激情四射的、叫贺夫差点把那架钢琴弹坍塌了的曲子中，除了听出了激情，就只有激情了——我还是认为他并没有找到好听的主旋律，他的主旋律中有稍纵即逝的“俄罗斯忧郁”和大手笔涂抹的俄罗斯荒原速写以及在荒原上尽情的奔跑，但他跑一段就停下来寻找好听的曲调，后来没找着就停顿了。贺夫用他“大师”的手指头狂热和娴熟无比的超高速舞动，并没能弥补拉赫玛尼诺夫在作曲上的不足，所以第三钢琴曲起始于演奏者的技术也结束于演奏者的技术——只是个技术活儿。

陈佐湟的指挥是头一次看，惊吓不小——他是我近些年见到的最好的中国指挥了。他的舞姿很到位，他的身子简直就是随着音乐在跳舞——那容易产生整个乐团不是在演奏“柴六”，而是在为陈先生伴舞的错觉。尤其是“柴六”的第二乐章，本来就是个圆舞曲，陈指挥竟然在指挥台上跳起了探戈和圆舞曲，只不过怀抱的不是异性的舞伴而是用于指挥的那根棍子。虽然身体的摇摆幅度略有些大了，但陈指挥的身材良好，他不胖不瘦，正好能用身体的大幅度的翩翩舞动阐释每个音节的个性。陈指挥为人也不张扬，在和贺夫搭档时没有和贺夫“抢戏”——没有和贺夫争着亮相和抢夺女子送上来的鲜花，这很是难得。

悲怆的“柴六”和拉赫玛尼诺夫的乱码七糟的“第三钢琴曲”相比，由于旋律太美也太整齐，就觉得太单纯和太简单了，但谁又能“简单”出那么完整美妙的旋律呢？无规则容易，有规则难呀。每年都听一次“柴六”的本人能跟着曲子胡思乱想：我想到了自己的小说《柴六开五星WC》——那个小说的主人公就是演“柴六”时拉大提琴的；我想到谁能用“柴六”的第四段当自己的葬礼进行曲，那他是幸运的；我想到了“奋斗”——个人的、国家的、社会的——在第三乐章的“奋进曲”中……

今天的观众绝大部分都是外行。音乐刚一开始，我后排的那个女的就说：“就看这个呀？”我于是就紧张地做好了准备，准备在他们大声说话时伺机制止，果然，没过5分钟那个男的就大声议论开了，我于是顺势就使劲儿“嘘”了他一声，之后，我这才开始专心于台上那个钢琴大师。

贺夫的演奏在最高潮终结的时候，我终于听到一个男子狂吼：“Bravo! Bravo!”——这是外语，相当于听京戏时大喊：“好！！”——带拐弯儿的那种，我心想这厮还是个内行，贺夫没白费那么大的劲儿痛砸钢琴，但当“柴六”的第三乐章也在高潮中结束时（后面还跟着一个悲哀的乐章，是不能鼓掌的），那个半小时前带头“Bravo!”的小子又狂喊了起来，并和几乎是全场的观众都朝台上热烈鼓掌……这时候还是陈佐湟指挥心地善良，他用背后的手势告诉大家别高兴太早，我还没演完呢。于是，悲惨的旋律——就是我说最适合给大英雄做遗体告别曲的，才沉痛而悲怆地哭诉了起来。

当然，观众里还有在不该咳嗽时玩命咳嗽的——看交响乐一般大家都在乐曲的间歇时乘机咳嗽。贺夫的返场曲有两个，每个都是静静的来静静的走——这和徐志摩要告别康桥似的，但琴键的“脚步声”刚悄悄传来，就被一个人的两声剧咳声“哐哐”地打断。每次都是，我不禁想：他该先喝点枇杷霜。

4. 纪念2011年圣诞节——用普契尼的《托卡斯》和张艺谋的《金陵十三钗》（2011年12月25日，星期日）

每年的圣诞节，我好歹还都去一次教堂——通常是王府井的那个，虽然我并不是一个基督徒或者天主教徒——他们两家也有矛盾，但“通天”的路，似乎总是要寻的。当你认为或者企图相信这个“天”外，好歹还应该还再有一层、两层的“天”的话。

但今年就不用去了。昨晚看完国家大剧院的《托卡斯》之后，我计算着去还是不去：如果去王府井的教堂，我就要坐左边的地铁；如果不去，我就要坐右边的。我一边等，一边想：假如通向教堂的地铁先到了，我就去教堂，就去“天”的那边，假如回家的那趟先来了，我就回到“地面”。还是“通天”的车先来了，但我还是没上：也太挤了，即便那些人大多并没有去“天堂”的意愿。

其实在昨晚边看普契尼的歌剧《托卡斯》的时候，面对着三楼底下遥远的那个被布置得比一般的教堂都要壮观的1800年罗马时期的教堂，我就边思忖着省得过后再去王府井的那个教堂了，我不能整个两个晚上全被融合在教堂的气氛中呀！包括了昨晚上看的张艺谋的电影《金陵十三钗》，那里面也都是教堂中的画面：教堂里的色彩斑斓的玻璃、教堂中常听到的如泣如诉的音乐，听，托卡斯的凄婉的歌声“为了艺术，为了爱”——那女高音的无法用言语表述的纯美，就回荡在三层之下的舞台，这是普契尼的妙笔！

《托斯卡》是个女子的名字，我看了节目单才知道的。但“托斯卡”三个中文字面上没有阴性的痕迹，容易被误解成中性的而且还有着几分的狰狞。“Tosca”是意大利原文的名字，你只要看到那个表示女性名字的元音“a”，这部歌剧的“性别”也就明显地显露出来了。

本人是听着普契尼的《蝴蝶夫人》“长大成人”的，我在北京的“天桥剧场”听，我在日本东京的剧场里听，我在北京天坛那边的家里的“厅”里面听，我在“鸟巢”体育场的大庭广众下听他的“图兰朵”，哦，那好像也是张艺谋导演的，那的确让“今夜无人入睡”！印象中在“图兰朵”里普契尼除了“无人入睡”那个段子之外，其他的唱段都听着让人想睡，但这部《Tosca》却不同——还是叫它女性的原名吧。在《Tosca》里，你能够找到好似《蝴蝶夫人》又不是《蝴蝶夫人》的那么多巧妙的、优美的、抒情的旋律。

我一贯佩服能跨越多个艺术种类的人，比如刚刚过世的那个“木心”——陈丹青的老师，就是一个，陈丹青和鲁迅都是文人，同时他也是画家。鲁迅虽然不太会素描，但鲁迅会用非常锋利的小刀雕刻版画。画家和作家用的都是眼睛来观察这个世界，但画家用文字实在说不清楚眼里的故事时，就索性用画笔勾勒。歌剧也是跨着两个艺术种类的话剧和音乐，写歌剧的说不清楚就唱开了，就演奏开了，就能弥补说话的不足。歌剧像一个两层的“俄罗斯套娃”，外面的一层是舞台上的“话剧”似的表演，底下呢，是一个和台上的呼应的交响乐队，所以听歌剧的时候你的两个耳朵也要让它们分工明白，一个负责听台上，一个负责听乐池，然后你再用脑子把它们在歌剧院的三楼顶上（这次买的是最便宜的160元的票）合成在一起，这样，你就能听出普契尼的伟大了，他竟然能够在演员唱那些诘曲聱牙的对白的时候，欣赏包裹着那些对白的伴奏的机敏、细腻、华丽以及流畅，而这，无疑是一个大作曲家的“活儿”的到位！张艺谋的“十三钗”也是一样的细腻，一样的处处能看出“大师”的技法，当那些“小技术活儿”们在看似也好像是教堂的穹顶似的国家大剧院的三楼顶棚子上“对接”“和谐”（不是贬义的）在一处的时候，你就能骑着那些艺术的符号升天了。

“托卡斯”的剧情和“十三钗”一样也是巨大的悲剧。不知道何故在看过“十三钗”后，你会把到大剧院看戏的那些打扮得小妖似得手挎着“外国大叔”们的胳臂摇晃的中国女性，都恍惚地看成一个又一个的21世纪的“钗”，至少，她们的身上有着“钗”的顽固的传统基因。说回到“悲剧”、女歌唱家托卡斯的悲剧，是她告诉他的爱人马里奥那个即将对马里奥行刑的行刑队射出的子弹——将会是假子弹的，她让马里奥“中弹”后马上做出假死的样子，她还怪那些负责行刑的士兵射击得太晚，因为马里奥“假死”后爬起来，他们就能一起远走高飞、天涯海角了，但是，行刑队的枪响了，打出的却是真的子弹……然后，伤心欲绝的Tosca就从一个底下被铺垫了一个巨大的软垫子的楼上跳下来摔死了。她的“掉包计”未成，她和他都死了，你看这，不就和“十三钗”中的情节一样吗？都是“掉包”，用“钗”——妓女，掉包了女学生——会说南京话的、“桨声灯影里的”秦淮河边上的。

在错过了通往2011年12月24日晚通向王府井大教堂的、被不知道是去还是不去教堂的人们挤得像罐头似的地铁的10点钟左右的地铁列车之后，我还是思忖着“大剧院教堂”里的那个Tosca悲剧的结局方法，我想，恐怕更“悲剧”的是那个女演员要跳向的那个大床垫并不存在，女演员跳下楼后摔死了，就像“十三钗”里那个为了逃避强奸他的日本兵从教堂的楼上跳下去摔死的女学生那样，要知道那样的悲剧，曾经那么频繁地上演，而且是真实的。

圣诞夜国家大剧院剧场里的听众的“素质”还好，除了有一个穿着大皮靴“咔咔”来回走的男子和本人脑后的一个在昨天那顿“最后的晚餐”上肯定是刚吃过大蒜的人，不过，下半场那个不仅吃了大蒜还不时打饱嗝的老兄他就走了。

5.真有一个《天鹅湖》？（2011年12月27日，星期二）

昨晚原本是去大剧院买票的，卖票的收工了，于是，一个票贩子就盯上了我，他问我是去看“中国古典音乐”，还是去看中央芭蕾舞团演的《天鹅湖》？我说我都不看——我分明在等着他降价，因为演出已经开始半天了，于是他就降价到了 100 元。我后来才知道他是从一个外国女人手里花 50 元买的那张票，因为等我在漆黑的一楼的座位上坐下来后——我是第一幕开演后的第 20 分钟坐到座位上的，我身旁的两个，一个是第二幕开演后进来的，一个是第三幕开演后进来的，而总共就三幕，他们也都是从那个票贩子手中买的票，这就是说，票贩子手中的票一直被他攥到了演出马上就要结束的时候才卖掉最后一张。

当我走进黑黑的剧场的时候，真为北京人民看戏的热情所感动。并不是周末，歌剧院却座无虚席，舞台上天鹅们银白色的舞姿和黑压压的剧场中的观众对称着，你还以为是走错了，走到苏联老电影《列宁在十月》中的圣彼得堡的那个剧院的包厢里了。

世界上最美妙的音乐配上最好看的舞蹈，我想，这就是柴可夫斯基的《天鹅湖》了。由于太熟悉它了，从中学时代起，我家的那个用老唱片播放的留声机，就一转一转地舞蹈着这个《天鹅湖》，我在北展剧场的那个舞台上看过中央芭蕾舞团的《天鹅湖》、俄罗斯芭蕾舞团的《天鹅湖》，都记不清看过多少遍，但二三十年过后再看《天鹅湖》，虽然是“计划外”的，我，还是被这场《天鹅湖》的美给震撼住了，尤其是当我的耳朵已经能和眼睛分工明确地一边听、一边看之后，你会想到从前没想到过的这些：天鹅湖真的有吗？你看那些翩翩的白色的天鹅，你看那月亮幽光下面粼粼的湖水；还有，老柴在写那些曲子的时候是对着舞蹈写的，还是老柴先写曲子，然后让舞蹈家们按照他的音符跳舞？那美妙的曲子和那叹为观止的舞蹈搭配得那般天衣无缝，令你无法把它们掰开，你不知道是曲子为舞蹈而生还是舞蹈在为曲子做着诠释。

俄罗斯人是世界上最喜爱艺术的，也是最懂得艺术的，这一点能从我前面坐着的两个俄罗斯女孩儿的形体动作上看到：她们在和台上的天鹅们共舞着，用手臂，用手势，就仿佛是两只未来得及上台的或是被遗漏掉的天鹅。她们还对着台上的一个个动作手舞足蹈地指指点点，那分明是在忘我地做着评判。我想俄罗斯人看中国人演他们的《天鹅湖》，就好比中国人看俄罗斯人唱京戏一样，无论他们怎么演，俺们都能评头论足。

哦，我边看着还想到，老柴在找到第一幕里那段中小提琴的对唱似的天鹅独舞的抒情旋律的时候，他当时是一种什么样的状态？是独自一人吗？那时候他眼里有天鹅吗？有月下幽深的湖泊吗？要知道，那段非常像圣桑大提琴曲《天鹅》的“小天鹅咏叹调”，或许是世界上最最动听的旋律——之一了。当作曲家找到某一个旋律，不可多得、不可再现、不可没有的旋律的时候，不就是找到了上帝？！不是吗？因为上帝是黑天鹅，是隐藏着的，当上帝显形成银白雪白的白天鹅之后，他，才是可鉴别的、可见的、可证实的上帝。

天鹅的舞姿。当人类把自己的阴性（女人）用极端残酷的手法塑形成芭蕾舞演员、塑形成天鹅一样能用柔软的身体或睡着或舞动着或缠绵着的时候，自然界真正的天鹅，恐怕，就不再有存活下去的必要。它们，也就再没地方聚会了，看着悬挂在舞台上的梦幻般的黑森林里的那一汪湖水，我想到曾去过的长白山的天池，我想到了没去过的俄罗斯的贝加尔湖，在某年某月某日，它们——那些真正的、失散了的、从人类气枪步枪和冲锋枪呼啸的子弹中幸存下来的十几只白色的、黑色的天鹅，正在月光下高兴地起舞，正在开着party。本人真正见过的30年前从北京玉渊潭的湖上展着翅膀像协和飞机那样从容飞过的一只白天鹅，就是死于某闲人的气枪的子弹，之后它被做成标本。现如今，玉渊潭每年天鹅光临一次的奇景已经消失，再想见天鹅，就只能来国家大剧院看了。

6. 和维也纳广播交响乐团一起欢迎2012年（2012年1月3日，星期二）

都说2012年是世界最后的一年了，如果是真的，那么音乐也救不了这个世界；如果不是真的，那么，音乐还是要继续的。

今天是新年小长假的最后一天，当我从那个操着东北口音的、管我叫做“哥”的“黄牛”那里花了300元拿到维也纳广播交响乐团的演奏票的时候，我还不敢肯定今天晚上上演的是否是贝多芬的第九交响曲，那个《欢乐颂》，我已经多年没有复习了，果然，不是“贝九”，而是“贝七”。

“贝七”似乎是不用主题的，“贝七”简直就是一场无节制的狂欢，而维也纳来的乐师们在那个名字叫“祖克曼”（Zukermann）的、瘦得像根竹竿子的指挥的指挥下，把谱曲时候已经差不多聋了的“狂人”贝多芬的一个人的洪水猛兽般的狂欢，给表现得这样的真切，这简直就是“贝多芬精神”的复原。贝多芬曾经相信过2012、相信过这个星球的末日的那一天吗？其实，当一个作曲家变聋时，世界，就已经末日了，就已经不可救药了，但那个狂躁的、傲慢的贝多芬竟然用“贝七”的“大舞蹈”和“贝九”的“欢乐颂”，生生地把这个快到边缘的世界和世界上的人类给拯救了过来。我无法想象，这是一个没有柴可夫斯基的世界——假若这个世界需要温柔的话，那么，我也无法理解——一个没有贝多芬的刚劲、给力、热切、亢奋、光明、光荣的——梦想的世界，是怎么样缺失的一个世界？艺术家——所有伟大的，都能用他们的存在——仅仅一个人哪——来划分地球，将地球分割成他们之前的和之后的，也同时，他们能制作时间——他们之前的和之后的！

接着贝多芬的是维也纳的“老家当”大小施特劳斯的圆舞曲。那些不懂贝多芬的（在场的90%以上都不懂，这能从他们在每个乐章中经久不息的、压根儿就鼓错了的掌声中判断出来），终于，在施特劳斯的圆舞曲一曲曲地“旋转”起来之后，才终于安分起来了。他们——那些“音乐之乡的来客”们，用我所听过的最最快乐的音声，给这个用一个红色花环装饰着的、过着大年的“中国金色大厅”升着温、点着火、煽着情。当斯特劳斯在能让人“耳炫”的整齐而欢快的旋律中间暗藏着一阵阵的忧郁的“调味剂”时，你们听到了吗？听懂了吗？我特想朝那些周边的不知道是哪个公司免费请来的嘉宾们提问。

你听，正宗的原产地来的《蓝色的多瑙河》！你我——当音符飘散开来之后，就已经戏耍、漂流、沉醉、流连忘返、魂不守舍、嘻嘻哈哈、疯疯癫癫、热情奔放于那条万里之外的专属于莫扎特的、海顿的、贝多芬的多瑙河了。河水，随着大提琴小提琴中提琴流淌；浪花，跟着大鼓、小号和大贝斯小贝斯的奏鸣激荡。

下午正好读了一本和维也纳相关的书，作者是资中筠，曾经给最高领导人当翻译的她五十“知天命”后才开始写随笔。在《闲情记美》中她写到了维也纳，写到了那里大街小巷的绕梁不绝的音乐，而我眼前的这些明天就要回到维也纳的俏皮的指挥和身怀绝技的乐师们，不就是最令人羡慕的人吗？听不懂贝多芬是让人可怜的，能天天演奏贝多芬、带着这般快乐的和热情的他们，是世界末日的克星。

7. 从《胡桃夹子》里面跳出来了一头骆驼（2012年1月12日，星期四）

今晚由法国波尔多国家歌剧院芭蕾舞团跳的《胡桃夹子》有些让本人失望：首先是没有乐队，放的是录音。放录音的芭蕾舞就好比假唱的歌手，你总觉得少了点什么，因此我旁边的人无论再怎么的咳嗽、喧哗甚至吵架和打嗝放屁，我就都不愤怒、不挑剔了。

和中国的中央芭蕾舞团的《天鹅湖》相比，法国的这个“国家芭蕾舞团”的水准似乎差了许多，突出的问题是舞蹈演员的“功夫”不行，可能是他们小时候没受过中国舞蹈演员那么多的苦，他们比较娇气，致使腿不直、脚不正，胳臂不会拐弯——这在咱们的中央芭蕾舞团是“小菜一碟”，因此看上去他们有时候跳的不太像是芭蕾，倒像是只能够单足站立的“通俗舞蹈演员”，何况法国人的个子太高了，女芭蕾舞演员脚尖先直立再摇晃晃站立起来，都能顶到大剧院的顶棚上了。

我今晚有些恐高，尤其是当我从那个三层楼顶的座位上忽地站起来的时候，总感到稍微不留神，就能够失足、就能达到别人误以为的“跳楼”的效果。

《胡桃夹子》的另一个剧名叫作《胡桃夹子和灰鼠王》，是老柴十分不情愿的状态下谱的曲。他不喜欢《灰鼠王》是因为情节太简单，就像童话剧似的，难怪我看了一晚上也没看明白剧情是怎么回事，尤其是当一头由两个人扮演的大骆驼在舞台上手舞足蹈的时候，我还以为这个舞剧说的是“骆驼王”而不是“灰鼠王”的故事哩！还有，看骆驼在舞台上“人精”似的跳呀跳的，心里既好笑又有点瘆得慌，因为明明骆驼也要统治世界了。

《胡桃夹子》里倒是有几段好听的音乐，但它们十分的不连贯，也和剧情的发展没什么关系。整个一个晚上就好比是一场舞会，跳舞的演员们各显神通，但“剧情”却被丢了，因此我能体会老柴当时为什么那么不喜欢为这部《大灰狼》剧谱曲了，和它比较，《天鹅湖》的故事是那么的善恶分明，因此，能想见老柴谱曲的时候也一定“激情燃烧”得很，莫非那时刻他把洁白的小天鹅当成他自己了？

8. 珍妮杨森的两个签名和门德尔松的e小调（2012年2月19日，星期日）

今晚，我得到了荷兰小提琴家珍妮杨森（Jannie Jasen）的两个签名，而且是在同一张纸上的，我想这或许是世界上的独一份吧。她先签了一个，我说不是那儿，让她签到下面，说：“This is the story about you in Chinese.”（这里是用中文介绍你的故事的地方），她笑着说：“Oh, I didn’t get it!”（哦，我没有注意到！）她显然是不懂中文。等待签名的队伍长长的，这是我在国家大剧院“行走”了几年才第一次看到的“奇景”。

今晚演奏的是“荷兰阿姆斯特丹皇家音乐厅管弦乐团”，指挥的是韩国人郑明勋。荷兰人太高大了，多少年前我就在蒙特利尔听一个荷兰裔的同事说他在荷兰人中是最矮小的——他是一米八零，我今晚才从像一头头长颈鹿似的摇晃着走进乐池的男女荷兰音乐家们的个子上，知道我那个全荷兰个子最小的、身高一米八零的同事说的话是真的。就连珍妮·杨森她也有一米九，她站在舞台上，就好似打网球的莎拉波娃，而她手中的那个应该是价值连城的小提琴，就像是“莎娃”手中的球拍——我2004年看过莎拉波娃现场打球。我于是，把门德尔松的e小调小提琴协奏曲和网球混同了：同样是美丽的人，一个把网球连呼带叫打得啪啪地响，一个像阿姆斯特丹舶来的“美人鱼”似的——珍妮·杨森演奏时穿的是海蓝色的衣衫，把犹太人门德尔松的e小调的真实的魂灵——给活生生地散落到了那好似真空了的乐厅里了。

如果说对那个曲子也能“一闻钟情”，那么，这个e小调就是本人的“天生情人”。我和门德尔松的e小调的头一次“邂逅”是在大约2000年，那天我的意大利朋友卡罗带着我到意、德边境的阿尔卑斯山下的一个小镇闲逛，在一个音乐商店我买了一张盘，那就是门德尔松的e小调。我把它带回到北京天坛的家，只那么一放，只那么一耳朵，就几乎是终生不能忘了。这里加上“几乎”二字，是因为我身上有“老年痴呆”的基因，我难保证未来那个已经“痴呆”了的我还会听曲心动。边听着珍妮·杨森演奏这个如果明天我要死了今晚一定要听上通宵的、能把人的魂魄给从躯体中“勾引”出来放回去，再“勾引”出来再放回去的曲子。我边想，假如哪一天本人放这首e小调的时候无动于衷了，那就是本人开始大踏步“走向痴呆”（而不是“走向共和”）的标志。

今晚的观众席上，本来我误以为“素质”的问题被解决了，因为在乐章的间隔“意外”地并没有响起狂热的不该鼓的掌声，当我正得意的时候，“素质”的问题还是发生了：有一位老兄听不进去音乐了就开始不择时机和不择手段地——大小声咳嗽，而一般听交响乐是要等到乐章的间隙才统一大声咳嗽的呀！我比从前听人使劲揉搓塑料袋子还要愤怒——我恨不得将那厮用袜子当场闷住，因为我不懂得——那么美好的e小调被那么美好的人演奏着——这可是“神女”演奏“神曲”呀，就连真正的“牛”都会屏住呼吸地听得入迷，而且我还听说，日本的松阪牛听到古典音乐之后都更能长肉，但这厮岂能比牛还要“痴呆”？

看来极有可能——那厮是因为没有被他妈实施音乐胎教。

9. 当贝多芬、海顿、柴可夫斯基同台竞技（2012年2月29日，星期三）

今天是闰年的闰月的闰日——4年才有这么一天。今晚的曲目是贝多芬的《普罗米修斯的生民》、海顿的《降B大调交响协奏曲》和柴可夫斯基的交响曲《曼弗雷德》。贝多芬的很短，才5分钟；海顿的稍长，25分钟；柴可夫斯基的可贼长，整个下半场都是他的乐声。用上菜来比喻，贝多芬的是“前菜”，海顿的是“小菜”，而老柴的才是“正餐”。我又琢磨着，假如用拟人的手法来表现音乐的话，那么贝多芬永远是“大老爷们”，海顿像个“二奶”，而老柴才是“正室”——你很难分辨柴氏音乐的性别，中性的？阴性的？阳性的？但这个从来没听过的《曼弗雷德》是如此的刚柔兼济，写得是如此的聪慧。它基本上没有什么老柴擅长的旋律的“范式”，它随心所欲，想到哪写到哪儿，音符就跟到哪儿，甚至跟着那个疯子诗人拜伦的身影飘到阿尔卑斯山顶。你听，在第二乐章里，在原本写阿尔卑斯山景的那醍醐灌顶的散漫而游荡不定的音符的海浪中，你竟然能意外地捕捉到老柴的“东方元素”——那简直就是纯东方的、解人意的和包容的格调，这在以前我听过的老柴那死活不跨过欧亚界限的“西人”的、斯拉夫人的音色中，是从未有过的。

这个满头白发的俄国指挥家阿什肯纳齐也是在开始演奏柴可夫斯基这道大餐的时候才拼命用心，才显露出才能的，而柴可夫斯基的整个几十分钟的这道菜，被他切割成了一道道的自助餐样的菜肴，你想怎么吃都行——没有主旋律的约束呀！听起来是那么的“门清”，是那么的冷静，又是那么的透彻！

今晚这个大剧院管弦乐团的规模空前，有上百号人，只要再多一个，就栽到台下去了。乐器也完整，五花八门的，连竖琴都有两个之多。这100个中国年轻的音乐人，也是那样的专业。“专业”是一个可大可小的字眼，能将这么一部恢宏博大的西洋曲子给整盘地烘托出来——只凭他们的年轻，就是多么的了不起。

贝多芬的那盘小菜不值一提，海顿的“轻音乐”可以闭着眼听。我边听着海顿边想：“这就是所谓的纯音乐：为音乐而音乐，谱曲者以音调的美妙为唯一的宗旨，因此无感情，无喜怒哀乐，无大悲大伤，无不和谐，无不丰满，无不着调，无可无不可——

这就是海顿，但这或许就是史前的世界，是这个星球的原貌，也是大自然音符的原型。”——当然，我当时那么想的时候，句子还没有这么完整。

那个身着剧院工作服的女孩儿始终特别紧张严肃，她的任务是维持音乐厅中的现场秩序，她可能特别难于容忍那些破坏“环境”的人，她肯定极其喜爱音乐，因此她一丝不苟。但由于今天的票非常的便宜——我的打折后是68元（今天我还是正对着指挥），所以听众都是来接受“普及”的，正因为普及，她就要不停地用手中的能发出一道镭射似的光的手电筒，去“打点”那些拍照的——在不能拍照的情况下，说话的——在不能说话的情况下，但她唯一不能用比钢丝还细的电光，击打的，是全场在乐章间隔中压根儿就不该鼓的——那么如雷贯耳的掌声。连那个俄罗斯来的指挥大师也放弃抵抗了，他还特别谦卑地而不是像其他大牌指挥那样极其愤恨地朝全场刚鼓了绝对鼓错了掌的观众频频点头，然后再转回头接着指挥。您瞧这，就是咱们的战无不胜的“中国模式”——中国人从现在起，要按中国人的游戏规则欣赏古典音乐啦，而从此以后，全球的西洋古典音乐乐章中的掌声，都会像中国制造的皮鞋、玩具、沃尔沃小汽车一样——Made in China!

哇塞！

10. 从《漂泊的荷兰人》到漂泊的北京人（2012年4月9日，星期一）

从始至终我都觉得自己的思绪在flying——漂泊着——昨

晚在大剧院看瓦格纳的歌剧《漂泊的荷兰人》的时候。

并非因为楼上的那两个南方口音的中年妇女说话太吵——我旁边的那个后生一而再再而三地朝楼上的她们喊："再吵就出去！"——在台上的Dutchman也玩命地狂喊叫着的时候；也不是因为3D的舞台上的风浪太唬人了——那浪头似乎预示着世界并没有必要等到2012年才毁灭，我的思维"漂泊"的真正原因，我夜里想，可能就是因为瓦格纳的音乐太乏味了，整个一晚上，差不多3个小时，瓦格纳统共才写出了几个合唱的旋律的美好，其他的，统统都是男女主人公的毫无美感的呼号——难怪希特勒那么喜欢瓦格纳哪！因此无论我身边的那个后生怎么和楼上的那两个南方口音的中年妇女隔着大剧院的漆黑的空间喊话，我也都乐陶陶的。

再有就是大剧院的贪心——160元一张的票，我坐在3楼一排的66号，人都拐到戏台的正侧面去了，我们隔着个栏杆，假如端坐着，就只能看到半个舞台、半条荷兰人的船、听半耳朵台上男女主角的狂喊，于是，我四周的人都恨不得天生一个马脸、长颈鹿脸以及歪把子脸——假若可能的话，那样，就能够不使劲撅屁股探身子伸脖子地——那显然非常不绅士淑女——就能自然地看到舞台上的整条船、听完整的瓦格纳式的狂喊了。

我还特别佩服台上的那些唱得毫不好听的瓦格纳剧的演员了，要想把那么些个长达几个小时的毫无规则的唱段——正确地唱下来，是多么的困难！试想，你记得住一个曲子，是因为旋律美，好记，假如那曲子完全没有起承转合，是一堆乱音的话，那么，你可咋办？就好比我正在学习的那些俄文中的毫无乐感和特征的动词似的，我咋记，都记不下来。我只好不记俄文动词。

我思绪特别“狂野”的原因——另外一个，是我脑中想念着像“好利来”新鲜面包出炉那样——刚刚出炉的本人的第10本书《四十而大惑》以及10万多字的博士论文的新的版本，那其中的文字，不就是我多年在北京的文字的海洋中、在浪头中“飘”“飞”、flying出来的吗？从文字上说，本人是个“漂泊的北京人”：那些文字是险象丛生的——在我过10年后再次看它们的时候；那些个文字更是在“险境”中雕刻出来的——在我边写论文、楼下的邻居们边疯狂到歇斯底里的程度——装修的时候。就连这个小杂文，也要赶在今天楼下的电钻声——如瓦格纳、希特勒那样亢奋地正式“奏响”起来之前，提心吊胆地完成。

文字的海洋是狂野的、是汹涌澎湃的、是浪迹天涯的，飞翔的荷兰人（ The Flying Dutchman）想要得到他的“救赎”，就要永远地和陆地说“再见”，就要永远地、长久地——好比瓦格纳那样——完全不着调子！

11. 俄罗斯人的“艺术百年孤独”（2012年4月13日，星期五）

和上周日瓦格纳的荷兰语的歌剧的漂泊的不着调儿相比，昨天晚上中央音乐学院音乐厅里用俄语演唱的那些咏叹调就是真正的“小天鹅”了。是马林斯基剧院4个新星演唱的，用的大多是俄语。

台上那个开始时致辞的老太太叫“郭淑珍”，我回家一查才知道，80多岁的她可是大名鼎鼎的歌唱家。我边上坐着的那个胖子从始至终都在摇头晃脑地打着拍子，那使我误以为他是个白痴——他竟然不知道他过于激烈的、貌似非常投入的动作对邻居会造成一定负面影响，而且他身上还不时发出大厨的味道，与本人身上的“小厨”味道相互冲抵（晚上我做的饭），后来，直到我注意到他手上的“鼓点”和台上那个俄罗斯老太太弹的钢琴勉强还能对应上的时候，才意识到他或许比我这个不识谱的、家就在附近的人更接近音乐——他或许就是一个音乐学院的教授——因为这个音乐大厅里就座的至少是中央音乐学院的家属，或者是音乐学院学生食堂的大厨。

虽然我听不明白柴可夫斯基、拉赫玛尼诺夫咏叹调的完全的意思，但我至少知道他们唱的是俄文，而这——当他们的唱腔悄然转换成我能听得懂更多的意大利文的时候，就已经有点意义和意思了。我说的是用俄语写的“咏叹调”——虽然那些歌里也有不是咏叹调的，但俄文谱写的歌是和意大利文的歌“本色”不同的，其中有着特殊的俄语的“忧郁”和俄罗斯人的“忧郁”，或者说是“东方人的忧郁”？老柴的曲子怎么听都那么的顺耳，尤其是当老柴的曲子和俄语的“大弦、小弦嘈嘈”的发音结合在一起的时候，每个段落都诗情画意的，那其中的柔美加悠扬会将你一下子拉回到并不那么“浮躁”的俄罗斯的18~19世纪。你瞧，这个正在用高音夜莺般演唱的男歌手的相貌不就像是当年的普希金吗？我是想说“浮躁”的天敌是音乐，相反，音乐的天敌也是浮躁：那个我身边的老兄尽管能用他那根厨房味极浓的手指“点中”了台子上也是用很粗的手指弹奏着钢琴的俄罗斯微胖女钢琴家手下的点子，这位老兄代表的也还是我们这个时代和城市的浮躁。看来，想用古典音乐的悠扬消解掉我们这个时代的浮躁都很难。

我始终在想——尤其在听到第四个歌手——她是个女高音，她竟然能把夜莺的高歌照搬到人间的舞台上面：俄罗斯这个民族是生活在被绝大多数世人“误读”中的，他们是那般的“独立”，用语言独立、用国土独立、用历史独立，那一亿多的懂艺术和创作艺术玩味艺术的人几乎在世界上没有什么朋友，而唯一的能被他们认作“朋友”的，或许就是他们自产自销的“艺术”了。他们——那么高艺术素质的他们，是绝不可能看得起那些只会摆弄些“乡村音乐”的美国人之流的，那在他们来说真是太“小儿科”了，而全世界都沉浸在美式“小儿科”的所谓艺术的狂欢中，都在用大厨的手指疯狂地、陶醉地指点着钢琴的“点子”的时候，剩余给俄罗斯人的，注定是那份18~19世纪普希金似的“艺术百年孤独”，以及孤独之外的高傲了。

12. 王健和陈萨、杨雪霏的“中国式贴脸”（2012年5月10日，星期四）

昨晚是在“池座”上看“五月音乐节”的室内乐的。于是，朝上昂首时，就有了“坐井观天”的感觉，所以，有时候当井底之蛙，是要有点实力的。

大提琴手王健是昨晚的主角，他一上台，眼一眯，就知道他是个大艺术家——极端痴迷的那种，拉起琴来仿佛武松醉酒，没几秒钟就把自己和听众给拉扯进他的琴弦上了。因此那个琴，只要一让他碰到，就能够呜咽地哭出声来。他拉得真是好，好得把一把明明是死的琴、木的琴、钢丝弦做成的琴给拉成了能哭能叫还能笑的孩子。

陈萨是是女钢琴师。年纪轻轻，但“范儿”足足的，和她不同的一位女吉他手杨雪霏，则跟“邻家女孩儿”似的，风格像海边的头发凌乱的小野丽莎。杨雪菲按一个英国音乐组织的说法，是“世界第二把吉他”，我有些奇怪，他们是怎么把全世界弹吉他的人给先收罗到一起、然后再排名的呢？吉他原本是非常“街道”性质的乐器嘛，因而，让王健的大提琴和“马路乐器”吉他在一起你来我往地“对话”，就是名副其实的“雅俗结合”了。

大提琴在呜咽着、钢琴在“刚劲”着、吉他在快乐着——其实，杨雪霏的吉他是万分严肃的，她能让原本应该“直来直去”的吉他的声音旋转起来，那声音，在吉他的四周拉开一个浑圆的弯弯曲曲的网，她在用那个丝绸一样的网，接住从王健大提琴弦上飞过来的“音符鱼儿”。

每次演奏完，王健都学着西洋人的礼节和两个女乐手“贴脸”，这在习惯了男人女人作揖、道万福的中国人来说，是不太自然的，于是，王健就有一次没找到陈萨的脸——他贴错了地方。

我对室内乐通常是不以为然的，因为听起来太直白，何况刚刚得知我语言大学的好友 Paul 得了不治之症的坏消息——他说那种病只有我们男人才会得，因此我始终神思难定，整晚的音乐会，从大小号齐鸣、再到杨健他们最后加演的那个悱恻的巴赫的“咏叹调”，都像是一幕幕近十年北语校园里 Paul 的身影回放的伴奏，尤其巴赫的那个，如此的哀婉，我简直在边听边和谁做着早晚都不得不经历的告别。我甚至想到：音乐和人的生命，究竟是谁诠释着谁？

我回家后夜里还想着 Paul 的事，最新鲜的，是几个月前我和他为美国同事丹尼张罗的、“非常成功”的追思会。于是我早晨对老伴说：兴许是那个老丹尼在天上已经非常想念我和 Paul 了。

13. 当你看到六根指头同时弹钢琴的时候（2012 年 5 月 14 日，星期一）

昨天我的确看到了“六指弹”的情景。我的座位是在大剧院音乐厅的 2 层楼 1 排 119 座，我能看到的是三个演奏者的头顶以及他们在琴键上像白色的螃蟹一样飞快爬动的手中，那是两个年轻的欧洲男子钢琴家和一位女子钢琴家的手指，她名叫凯特琳娜，他们分别叫尤琴和康斯坦丁，女琴师来自乌克兰，另外两位是保加利亚和俄罗斯人——他来自“新西伯利亚”。

我的座位虽然最廉价的也是最最危险的——不小心就会栽到乐池上去，但我看到了“跃动黑白——欧洲钢琴三杰音乐会”的一半的时候，才领悟到原本看不见演奏者的头部、只能看到他们的“正背部”的我，其实坐在了全场的最佳位置上面，因为我能看到的是他们全景的手指的移动——而看钢琴，不就是为了能看手吗？就好比看足球——你最好能看到他们的脚和腿似的，我因此，就非常清晰地从凌空的地方目击到了本场大师们的绝活——“四手联弹”和“六手联弹”——一个是两个人坐在同一台琴那儿弹、一个是三个人坐在同一台琴那儿弹。还有把两台钢琴对着摆、两人对弹的，那时候，你的耳朵就要使劲儿地伸长到离你远的另外一部琴那里去，把那台琴师的音符也用耳朵“搂住”，然后和坐在你这边的这部琴上的音符“合成”——那时候本人这个位置上的优势，就被坐在楼下“池座”上的那些人给拿走了。

从乌克兰那个“凯特琳娜”的虽然不甚健壮但身架子极其长、能把整个一座钢琴给“扣住”和左右逢源来看，我和上星期三看中国女琴师陈萨的样子相对比——虽然我那时候坐的是“池座”的第四排，我想到钢琴毕竟还是欧洲人的“运动”，东方人的身子骨小，覆盖不住钢琴，也征服不了钢琴——因此我们的长项是二胡；反正，西洋人用大身子骨拉二胡，也有些个不伦不类。

昨晚有趣的不仅是能从琴师们的头顶上看他们的手像蜘蛛或者是螃蟹一样地交叉跳舞，这不禁让我发现其实蜘蛛是螃蟹的近亲，我还看到了一桩有趣的事，就是那两个帮琴师们翻乐谱的——她们通常坐在琴师边上，老是翻错，不是翻早了，就是翻晚了，弄的那三个本来就手指“马不停蹄”的琴师们好似非常的恼火，因为他们要把那些翻错了的篇子再抽空翻回去！我因此质疑两个翻谱子的是否和本人一样也不太识谱。

还有，我在听那些“古典”的曲目——莫扎特、肖邦、舒伯特的时候，我就回到了“古典”，没有“寓意”的音乐、纯玩的音乐、只追求好听和“和谐”的音乐，而那，其实就是音乐的本来面目吧。我能够想象莫扎特那个小顽童在倒挂着身子用手“勾琴”，而他谱的曲子你听起来没什么别的，就是好听，就是好玩，就是愉快，弹起来呢，就是需要技巧，就是有难度，就是比谁——比谁更能制服那个舞台上的“半壁江山竖立着”——琴盖子为什么老是张扬着亮开着呢？

而那种感觉，我已经写进刚刚的文章里了。

14. 皇帝就不是皇帝了——威尔第的“假面舞会”（2012年5月26日，星期六）

这星期我算是“全托”给国家大剧院了。

今晚在看圣马丁院团的交响乐之前，先把前天（周四）看的威尔第的《假面舞会》的“印象”补上：

印象之一，是当皇帝在用一个面罩子把脸捂上的时候，他（她），就不再是个皇帝了，因此，那个“假面舞会”上的“古斯塔夫三世”，就在舞会上跳着跳着被枪杀了。不过，和中国的皇帝相比，他可绝对是一个民主的皇帝，我难于想象无论是秦始皇或是刘邦或是康熙，会带上一个面罩子，和群臣不分彼此地跳舞，因为面罩一旦挂在脸上，你立马就和“群臣”没什么分别了，而这一瞬间，按照中国的权利的逻辑和理念，就是“天下无主”了。而“天下”岂可一瞬间的没有主子吗？

威尔第不愧是个莎士比亚式的“苍天代笔者”——他的笔、他笔下的音符是“全知”的，他理解了一切也写出来了一切，整场的歌和曲——那么多的独唱、伴唱和和声，竟然都是那么的完美无缺，虽然几幕大戏下来就有那么几段难忘的咏叹调，但通场的每一个音符都是那么的“和谐”——不是贬义的“和谐”，而能和谐了，不就是最最基本的美，不就是“音乐之母”。再回想那个“铿锵有力但永远找不着音符的北”的瓦格纳，再“回眸”一耳朵整个夜晚都声嘶力竭的《漂泊的荷兰人》，用意大利语讲元音饱满字正腔圆的威尔第，他不就是一个“乐圣”？

印象之二，6点多，呀，该出发了。

15. 今晚和“周总理”神聊音乐（2012年5月26日，星期六）

今天坐的是“池座”的3排2座位，差不多是最核心了，因此，就有非凡的人士出现了。

其实，我前面的那位老者在侃侃而谈音乐的时候，我看第一眼，就知道他是当年那位全国知名的“周总理”的扮演者了。他身旁还坐着个智障的男孩儿，男孩儿也正襟危坐地听着英国圣马丁室内乐团的演奏。老者说那个男孩儿能通过耳麦听得出男高音和女高音的区别。中场休息了，我在老者畅谈女小提琴家演奏技巧的时候和他你一言我一语地说那个女小提琴手手中的琴，老者说那可是一把好琴呢，我们难得在这么近的距离听这么高贵的琴被这么一流的琴师演奏，我说您听她说了吗，她（她名叫Vilde Frang，是从挪威的奥斯陆来的）最后加演的那个曲子是挪威的民歌。老者说难怪我听着像是欧洲的音乐，这时候我乘机核实我的猜测：“您怎么特别像演周总理的那位呀！”老者点头道：“我就是呀！”过后我想了好一阵子——在莫扎特和贝多芬的“柔版”和“谐谑曲”中，哦，他的名字叫做“王铁成”。

王铁成还说你知道在需要安静时为什么老有人咳嗽吗？我说“不知道”。他说那是因为社会的空气不好。王铁成还说眼下有票的人不见得懂得音乐，比如某企业的老总们就可能老是有大剧院的票，但他们都给了他们的司机和厨子了，因此，弄不好好座位上坐着的都是司机和厨子。他还说那天费城交响乐团的票都被“某银行”包了。因此就买不到了。但你想，是所有“某银行”的人都听得懂交响乐吗？我想也是，不过银行的点钞机整天“哗哗哗”的，倒挺有节奏感的。

王铁成还说了许多，我也记不清了。在他的身后坐着看他，我恍惚间看到了一个真实的“周恩来”，只是谢了顶。不过，老人还真是个性情中人，说话一口纯正的京腔，正气一身，也不愧为领袖的一个“化身”。而他身边总是呵护着的年轻人，我知道，就是“周总理”想当年在最辉煌时辞影到香港谋生的原因。可怜天下父母心！音乐会结束时，我和“老王”握手告别，并祝他身体健康。

挪威女孩儿薇尔德·弗朗（Vilde Frang）是今晚圣马丁乐团的“点睛之笔”，其风度好似荷兰的那个杨森。她走上台的时候，如同一道亮丽的闪光。站定后，用有些悲情的眼睛朝台上的观众长久地看着，就像是个话剧演员，似乎非要先和观众彼此摸清楚一下对方的气场的孰高孰低，用水汪汪的大眼睛宣告：“本姑娘可要拉琴了！”然后，她那把琴就把莫扎特的“调皮”“挑逗”“小聪明”以及“柔版”中的大慈大悲给淋漓尽致地表达出来了。难怪“周总理”对我说，咱们能这么近听这么高雅的演奏真是个千载难逢的机会。

当然，今晚也还有“素质”问题的频出，除了即使播音员和“周总理”不让鼓掌还有人非要鼓的问题之外——可能是那阵子他手特别的痒痒，人家屏住呼吸听音乐时有人说话的问题似乎是解决不了的，难怪有个年轻人中场休息时在盥洗室中说：“我身旁有两个素质特别低的一男一女，老是在我聚精会神的时候嘀嘀咕咕。”

16. 于我来说，音乐和文章的交集之处（2014 年 10 月 4 日，星期六）

于我来说，音乐和文章的交集处之一，有可能是节奏，这是我今天漫步的时候领悟到的。音乐的节奏有快有慢，有急有缓，有轻有重，写文章也是同样。音乐是文章的表兄弟：其实你仔细想，那些五线谱上面的音符，不就好比写书时所用的字符吗？尤其是有四声、有平仄的汉语，你写好了、写得有韵味有乐感了，就会出现音乐中“豆芽菜”飞逸起来、飞跑出来的幻觉。

写文章时的感觉如谱曲。我一直说我写文章就像柴可夫斯基谱曲，为此，我还把一篇小说的主人公起名叫做“柴六”（柴可夫斯基第六交响曲），然后，我让柴六开了一家“五星级 WC”，当然，那家亚洲最大的连锁厕所后来“轰然倒闭”了。我自认为那是本人最最成功的小说，因为那是 20 年前我在国外写的，而 20 年后我在国内发现了许许多多的大小“柴六”（他们是那些放弃艺术的追求而热衷商业的人士）以及数也数不清楚的建立在先拆祖坟后大兴土木的“基础之上”的“厕所”。最近的一个，就是北大为建造洋国学学校而非要把“静园六院”给强拆的“事件”。看来，艺术事业有可能会腐朽掉，被终止掉，但非艺术事业却能磅礴展开，或者用另外一种形式呈现，那就是艺术和非艺术同时搞，比如将剧院按茅房祖坟的模式制作，比如让拉提琴的和拉大便的混同，于这，北京那个“大裤衩”建筑就有点代表性。还有那些大票房的商业片，也仿佛是大提琴家边拉琴边拉大便的产物。

不同的音乐作品创作时候的心境不同、节奏不同、长短不同、主题不同、乐感不同，这在本人写书时也是一样的。音乐有各种调子：C、D、E、F、G、A、B，文章也是；乐曲有各种风格，有“如歌的行板”，有“重口味”和“小清新”的，文章也大同小异，这些往往从一本书的第一行就能显现；音乐有各种体裁，有交响的、有钢琴协奏的、小提琴协奏的，有室内乐，有歌剧，有“折子戏”，这在文学上表现的是不同的文体。文体千差万别，当作家易，当文体作家难，当单文体作家易，当全文体作家难，啥叫“全文体作家”，就是每一种文体的“活”都操练一遍的那些人。你要能写长短篇小说、诗歌、随笔、散文、对话、评论、学术论文……等等，这就相当于“老柴”的“花活”了。老柴能写交响乐、独奏曲、歌剧、舞剧等一切形式的作品，且每一种都独有新意，都那么的用心，都那般的不同凡响，因此和老柴比，我不大喜欢莫扎特、海顿、瓦格纳之流的，他们或许也都在每一种“乐体”上都留下了遗作，但大多是雷同的，都是一种风格的不断复制。能写多种形式已经不易，但不同形式之下神采各异，这就难了，用叶嘉莹老师和顾随先生的话说，一定非要有“硬生活”基础的人，才能做到这个。啥叫“硬生活”？就是生活中的“硬菜”，就是生活中的实实在在，这，不又和本书第一部分的“生活不朽”挂起钩来了？“硬生活”用我的体会说，就是能像螃蟹样在生活的浑水下潜藏着、横着爬行的——那些人的生活。比如刚刚去世的作家张贤亮，他那20年的劳改生活就算是“硬生活”了，他把那段故事写出来了，而且他是第一个敢写的，于是他就成功了，但作家假如人人都为了获得“硬生活”而坐20年大牢、都为了能写初恋而像张贤亮那样直到40岁还没和女人相好的话，那么，牢里的地方就不够用了，牢外边的女人们，我想也都会同样地疯掉。因此，光有“硬生活”和光记录“硬生活”，恐怕也不是文章事业所追求的最终境界和目标。道理再明了不过：“硬生活”写光了，你还写什么？这不，张贤亮把牢里的事情说完后、把他与女人的初体验写完后，就不再写了，也就写不出什么了。除此之外还有另外一个问题，假若所有有着“硬生活”的人，比如那些眼下还关在监狱里的几百万人和那些死里逃生过的，都开始用笔写他们的故事，那都算是文学作品吗？那样，文学还有没有边际呢？任何事情一旦变为了没有边际的、可无限复制和产生的“东东西西”，那么，它的价值也就“有边界”了。说“文学死了”，我看有两层意思，一是再没有文学作品出现了，另外一个是恰恰相反，是文学作为“作品”的无限量的无边际无边界的出现，就好比时下的网络文学那种“东东”，一旦文字漫无边际地满大街飞舞，那时候，你真觉得文学死了，无意义了。

自然，本人的这本书中的这些稀稀拉拉，或许（或其实）就是其中之一。因此，我总爱暗问自己和问那些以码文字为生的人：“你（你们）能不能不再写？”

第四章

书法不朽——

对着湖水写大字的感觉

1. 对着湖水写大字的感觉（2014年5月22日，星期四）

我正襟危坐在一幢高高的“危楼”之上，对着紫竹院的一汪湖水，写着墨笔的隶书（《汉张迁碑》）。这本来就已经挺震撼人心的，何况在湖水上面，偶尔的，还划出一道小船拉出的白线？

写毛笔字之乐，本人是时隔了近40年的光景，才又“复习”到的。上一次正经写字是上中学的时候了，那记忆中的毛笔，那笔下的墨汁，还有记忆中的荣宝斋的走访、走访之后手中的“中白云”“小白云”。“大、中、小白云”是一种毛笔的名字，那种笔中间是狼毫、外边是羊毫，中间是深色的、外边是白色的，所以写起来正好是“外强中干”的反义——外面软里面硬。40年过后，我在四处寻找着“中白云”，在紫竹桥另一侧一个地下商场的角落，我找到了，也买回了，价钱是两元钱。我问售货员：“这是狼毫做的吗？”回答是不知道。我上周在紫竹院中的那个专卖文房四宝的老妹处知道：而今你想买真的狼毫笔，至少要一千块，于是我才醒悟：现在早就没有真的狼了，狼，全早在那个写《狼图腾》的作家动笔的时候，就绝迹了。我庆幸过了将近40年之后，在我又一次有闲心、有时间、有资格写毛笔字的时候，野蛮的狼们——无论是大尾巴狼还是“老狼”、再或是黄鼠狼——都没有毛了，即便有也都已经被薅光了。于是，我的余生，就仅仅能用稀松平常、细细软软的羊的毛制作的笔写那些仿佛是石头刻出来的——尤其是魏碑体的文字了。

我也怀念狼。明显的，人类在进行了几千年的“与狼共舞”的狂欢之后，将原本的舞伴给“做掉了”，狼没了，人自己变成了狼。于是，剩下的年份，人类就即将“与羊共舞”、与羊毛共舞。

中学时期的习字和中老年时期的习字之不同，除了从空中蘸着湖水写之外，就是小时候写字的时候，写的只有字：我那时学写颜体字的时候，用的是“雷锋怎么学习毛主席著作”的帖子，因此，从初中到高中，直到高考前夕，光“毛主席”三个字，就写了有几千遍吧，即使我总也写不好。再有就是“毛泽东思想”里的“思想”，中学的时候无论你怎么写，用颜体还是柳体还是欧体字写，“思想”也成熟不到哪去。但50出头的现在的我，就几乎完全不一样了，现在毛主席没了，但我还在，我思想也是有那么一点点的嘛！50岁的人谁都有点思想，完全没有的恐怕没有，一丁点没有的是八旬老爸那样的人。他年过80了，再有点“失忆症”，思想肯定是一天少于一天的，因此，我现在抓紧写大字，其实就是想同老父身体中携带的容易失忆的基因做艰苦的、长期的、不妥协的斗争。写字能预防老年痴呆吗？难说，我昨天听人说了一大套二者关系的理论，但今天已经想不大起来了。下次一定记到本子上面。

2. 作家，都重拾毛笔了？（2014年5月26日，星期一）

5月24日《北京晚报》上面有一个特别报道，标题是《作家，重拾毛笔》，说的是苏州作家荆歌办书法展的“事体”，“事体”这个词是个沪语，是我刚从沪上小说《繁花》上学来的。顺嘴说一下，那本近来非常受官方推崇的小说《繁花》其实就是一部现代版的《金瓶梅》，封面上说“有数万个故事向你扑面而来”（大意），细看后，才知几乎全是男盗女娼之事，看来文人们是该好好地重拾毛笔了。毛笔，我的感觉是非常“素”的，毛笔之中没有什么非分的欲念，尤其是在当今的毛笔都远离狼毫之后。我一般写那么几笔、写那么几个半刀的纸，当日的“气数”也就尽了。写毛笔字是缺不得底气和内功的，需要有超级的定力，于是，我就拿着一个盛着一条同样气数差不多没了的家里养着的金鱼的瓶了，到楼下的湖里去放生，我真不想让鱼都死在家里，大前天，我拿着那个盛着已经浮上水面倒气的金鱼的瓶子转了又转之后，才将它哗地撒入水中，虽然湖水是混浊的，但从不时的水下的戏弄中我知道，那里面的鱼儿一定活得挺好。不知只会甩尾的、慢性的金鱼能否和刺溜乱窜的河鱼相处，但只要它还有生路，就可以了。其实，在“恐怖主义”在地球上天天爆炸的今天，湖和毛笔的结合，也算是一种“反恐”吧。身带炸弹的暴徒，总不至于先跳湖，再引爆吧。除非它们想袭击的对象是鱼类。

当你的字和你的“文”配在一起的时候，那篇书法作品，才算是真格的你，我前些天就为“北语”的一位“老同事”写了一首祝寿的四句诗，虽然是首“歪诗”，但你一用行、草写到宣纸上，再让紫竹院里专门卖笔墨纸砚的那两口子裱一下，就全然不同了，看起来神采奕奕、有神有色的。王世襄说好的书法不在乎是什么体，只要有“神”就行，自家的诗自家写，就不可能无神。平生第一次看自己的“作品”被正式的裱糊，也算是有种“里程碑式的感觉”。上周在“北语”的东南亚餐厅，我正拿着大字显摆，一个身穿白大褂的男子过来，他是那个餐厅的大厨，他从别的服务生处听说有人写字“极好”，就从后厨闻讯而来，原来他也是书法爱好者，是陕西人氏，喜欢写隶书，于是，我们顿时有了“臭味相投”的意思。饭正吃到一半，一个服务生送来一扎马蹄水，说是刚才那位师傅送的，我于是大喜，这可是我头回用字换水喝呀！

临了、读了隶书的几个帖子：《石门颂》《曹全碑》，都是后汉的。《石门颂》是说治水的，字体雄浑，原来是刻在半山腰的，可后来修水坝，就把那个碑给移走了；字体秀美的《曹全碑》是说“曹全”那个官吏的生平的：当时他不知是犯了什么“政治性错误”，死后碑都刻了，可不敢立，被埋藏在地下了，近期才被刨出来，快两千年过后了呀！可见，碑上的字，绝不仅仅是字，是大活人的“故事”；你望一眼湖水蘸一笔黑水描一下子的那一段文章，它，也绝不仅仅是普通的文章。

3. 追悼我家一缸金鱼的“灭门之死”（2012年6月2日，星期一）

从报上得知，前几天北京一条河——似乎是通惠河的鱼都翻肚子漂上水面了，据说是因天太热闷死的，这个消息让我的心情好些：我近几个月养的金鱼全都死了，而且，上周里的一天，就死了一整鱼缸的五条鱼，那些鱼在我进屋的时候，在屋内散发着腐臭，走近一看，全都翻着鱼肚子，好似被人下了剧毒或是被最新披露的“天神教”（邪教）灭了门，而另外的一缸里的三条鱼，却偏偏还活蹦乱跳的，天哪！我于是，就立马陷入了终结性的郁闷。

鱼死，本不是什么大事，餐馆中的鱼每天都有死的，但我家的鱼却偏偏不希望死，其次，是它们死的原因——分明是我，为了欣赏它们，一条条把它们从紫竹院后面的“官园花鸟鱼虫市场”

给“打”回家了。也就是说，本人的一种喜欢和冲动，是它们的直接死因，而这，就让人郁闷和慌张了，即使我眼见着楼下湖边的钓鱼区里每天都有数条大鲤鱼，被人们用凶猛的钩子，给拎出水面。

我于是就慌忙找到书架中李叔同的字帖写了起来。李叔同最后一个职业是和尚，因此他的字，大都是和佛经发生关系的，都是说生死和天堂的。我在用对他的墨迹的习仿、用佛门的话，为那五条昨天还活得好好的金鱼做着超度的工作。想起来了，幸亏得这几天金鱼去世的前两天，我把它们中间那条林黛玉样病了的红白相间的鱼，扔到泥水般混浊的湖中放生去了。莫非，那条鱼预想到这一缸白花花的水，在昼夜间，就会变为一缸死水和臭水，而装作了林黛玉，骗取本人的放生？河水虽然混，但本质兴许是纯净的，这我上周在玉渊潭的大湖中边游泳边倒气的时候深有体会。

上周除了李叔同的之外，还临了邓石如、范增的帖。邓石如是清朝的，他能用隶书的笔法写篆书；范增是当代的，他的字不大好模仿。人的字是如同人的，范增的性情不羁，字便非常的张扬，像是八爪鱼或是黑色的毒蜘蛛，每个爪子都伸得长而不能再长。和范增的字相比，李叔同的非常小家碧玉，能怎么收敛就怎么收敛，他早期的字还是有极强的内在张力的，但出家之后的字就极其的与世无争了，如同蒿子秆，又仿佛是秃了的竹竿。

昨晚从“黄牛”处花 250 元买了张 180 元的捷克爱乐乐团的演奏票，我到“大剧院”去听正宗的德沃夏克的“自新大陆交响曲”。这部曲子自最早听，还是 30 年前上大学期间，是在一部日本电影里面。只听一遍，就再忘不了了。昨晚在“新大陆”之前，是贝多芬的第三钢琴曲，乏味无比。我边听边想，艺术作品的“接地气”应该有两种，一种是技术上的，另一种是心情上的。技术上的“接地气”，是要找到一个非凡的旋律，心情上的呢，是要有实在的创作心情和感觉。而贝多芬的第三钢琴曲和德沃夏克的“自新大陆”，正好是“不接”和“接”的两个极端。捷克这个乐团演奏的“大陆”，绝对是正宗和“无与伦比”的，在二层正对着指挥的坐席上，你甚至能被乐器中发出的“蘑菇云巨浪”击倒，整个人都被裹挟振奋其中，你由此都能够用手触摸几十分钟的、一个实实在在的“天国”。而那正该是我那五条金鱼的、最新的“鱼缸”。

4. 救活了三条“鲢片子”（2014年6月8日，星期日）

死鱼的事不是小事，因此，为了避免连续不断的死鱼，我那天到楼下的池塘向正在用网捞鱼的一对夫妻要了三条“鲢片子”（又叫作“白条儿”），用塑料口袋抱回了家，于是，我的浴缸里面多了三条“不怕死”的家伙——不是它们不怕死，而是我不怕它们死：它们是我从别人的“虎口”中救活的嘛，要不，它们必定会在那天的晚上，让人家用苞米面糊着吃了。我将鱼的赏玩和救死扶伤之“大义”结合，还算是可以。

为了克服上周鱼缸遭受“灭门之灾”的晦气，我这周写的是另外一个隋朝和尚的字帖，那个和尚名叫“智永”。智永家两个兄弟都出家当了和尚，他临写的《千字文》传说有800多份，分送给了800个禅院。《千字文》我在一个多月之前还在每月一次的科技大学外语学院的“日语语言研究沙龙”上介绍了一次，就连那几个日本老师也都知道《千字文》是什么。他们说：他们当年练书法时练着练着，刚练到《千字文》时就终止了。我从楼下那个专门为我收集盗版字帖（当然也有不是盗版的）的老弟那里买的一套60卷的日本人出版的《中国书法大全》里，能找到《千字文》的日文译本，那是一个十分精彩的译本，用原本就取材于汉字草书的日文的片假名、把《千字文》中那些用汉文疙瘩般密集纠结着的“文意”给舒展了，给拉平了，于是，《千字文》转眼变成了一个仿佛是《圣经》样、史诗般纵横千古、荡气回肠的“大文章”！

智永和尚的《千字文》写得肉乎乎、软绵绵的，而且是楷书、草书同篇，因此，你写楷书实在写累了，索性就转写边上的草书。我从上中学起就已经熟悉日文的片假名的写法，因此，摹写大字的草书基本是不用练习的，一沾边就会，写完后和字帖相对，蛮可以以假乱真。日文的假名和汉字的草书在本人这里其实是在进行着几千年之后的文脉的再一次打通：被借走的，又还了回来。我想，假若日本人也能这么想，就万幸了。

昨晚到中山音乐堂去听了场黄亚蒙的钢琴独奏会，中场解说的是作家钟阿城。听作家说西洋乐，这是头一遭。阿城说《尚书》中有“歌咏言、诗言志”，说贵族是不需要“志”的——生来就什么都有了嘛，因此，“志”是为那些骑士们预备的，因此，贝多芬的曲目就属于后者。黄亚蒙昨天后半场演奏的是“迪亚贝里变奏曲”，听得连我都几次打盹：还是那个问题，“老贝”没找到好的旋律，结果是50分钟的“机械炫技”，最后也没达到“言志”

和打气的作用。阿城我倒是挺羡慕的，没写几本书，就那么的大名远扬。去中山堂听音乐会共有两个“节目”，其一是“听戏”，其二是“看景”——看乐堂外、古松树上悬着的大月亮。中场休息的时候你可以看一次，曲尽人散回家的路上，你还可以再看一次。这些年对面的“国家大剧院”把中山堂的一流曲目都“卷走了”，但这月色，仍旧是一流的。

今天“北语”本科上答辩，我久违地又一次坐在了“审判席”上，十分的得意。答辩到第十几个的时候，一个女生“陈述”得口若悬河，问到问题时，却好像是刚听了贝多芬的钢琴曲，全然没有精神。我们一再用英文、汉语提示她得这么、这么、这么说，她还是什么都不说，干瞪着我们，倒像是她在等我们三个回答问题。把论文包送回学院的时候，一个女学生在楼道里追着一个女老师哭着骂街，大意是我都第三次答辩了，每次都得交750块钱，我还等着这张文凭找工作呢，你咋还为难我呀！真担心再出人命。

5. 章草的大尾巴和世界杯的开始（2014年6月14日，星期六）

4年一次的世界杯足球又开始啦。2006年世界杯，我在赴山东招生的路上；2010年的世界杯，我在日本金泽大学的那个国际会馆，出于礼貌，和一群外国学生为寄居着的日本队助威，当然，那时候中日还相当的友好。今年的世界杯到来的时候，真不知为谁再助威了，为越南？为菲律宾？为中国？几年后“先知”章鱼“保罗”已经老了，或许是被吃掉了。即使“保罗”还在活着，作为他们的异类，其实我们用肉眼，也分不清哪条是“保罗”，哪条不是“保罗”，就仿佛被本人按在鱼缸中养活的那三条“白条儿”小湖鱼似的，它们三个于本人来说，是没有区别的，都是小脑袋，都是细长的，它们的作用，于我，也就是替换了那些来了“必死”、来了也活不长久的鱼鸟市场里买回来的金鱼，因为本人不畏惧它们的死，它们这类的鱼在窗外的湖里有的是，长千上万的，随死随生的，换句话说，它们是真正的“大众”，和人类的“大众”一样，鱼类的“大众”也是无数和无限的，也是不可能都死亡的。

写大字最怕的并不是技术不行，我这样的无意间什么技术都能“来两下子”——无论是楷书还是隶书，写大字最难有的是专注，是不分神：心一跑，手一抖，就会把赵体字（赵孟頫的）写成苏体字（苏东坡的），而前者分明是风度翩翩型，后者用黄庭坚的话说长得像“大癞蛤蟆”；自然，你写苏体字时一不留心，也能把“癞蛤蟆”写成柳公权的“硬骨头”或者欧阳询的“瘦骨嶙峋”。“神”是咋分出去的？其过程好似“灵魂出窍”，你正专心时，巴西队内马尔的那脚球来了，日本的战机隔 30 米对我战机贴身侦察来了，越南派“蛙人”干扰我钻井台来了，死鱼后的恐怖场景来了——那五条金鱼翻着白肚皮的“死样儿”……总之，这些个和书法完全无关的杂念，像窗缝子里爬进来的贼风，一小阵一大阵地在你脑海里形成着袭扰的风暴，于是，你非常容易地就会把苏体字的“蟾蜍体”写成黄庭坚的“大字报”。由此，好书法不在技术，在专注。为了不丧失信心，我把自己总写不好一篇持之以恒的、不带任何瑕疵的全文风格统一的作品的缘由，给归结为：那些能写通篇无任何“败笔”的书法家们，一定都是没脑子的人，至少大脑的思维不甚活跃，那些人原本是机器人，大脑只受一种固定程序的“专制”，因此，他们写大字的时候从不顾内马尔的脚法如何，也不顾日本的战机是否又对我军的战机“贴身呵护”，当然，那些人更不会在意一大缸的“金鱼之死”。

章草是从隶书过度到行书的一种字体，我拿来明代宋克的帖子模仿，谁知一下笔就仿真了，真是没劲。章草字的突出特点是有一个像黄鼠狼大尾巴的“捺”——一撇一捺那个“捺”，这个写像之后，再把其他部位写得难看和瘦弱些，看上去就似乎是章草了。中国古代名帖和名字不都是好看的，也有奇丑的，章草我看就属这类。但只要是名字体的帖，就必有后人模仿，还专靠模仿这类“丑字”出名。世界杯前几日阿根廷队的球星梅西无意间遇到了巴西队元老“小罗纳尔多”，他惊喜万分，其实那是个假冒的，但他和真“小罗”贼像，于是，全世界的媒体都报道这则趣事：只要像“小罗”就行，“小罗”本人长得丑俊倒不是议题了。书法也如此，丑的如此这般的章草字遭一代代后人煞费苦心的模制，全不在乎那种笔法原本的模样如何。不过话又说回，又怎么评判什么字好看什么字不好看呢？

还有一类字帖，叫“集字帖”，比如“集赵孟頫宋词”，“集智永唐诗”等等，楼下的那位专卖盗版字帖的山东老弟绞尽脑汁帮我收集了好些，其实那些宋词和唐诗原本不是赵孟頫和智永写的，是出版人把他们的字给“扒”下来，再凑成的宋词和唐诗，颇像是电脑合成的魏碑体和隶书体文章，有意思吧？按这种方法，任何人，甭管伟人或是草民，名人还是无名鼠辈，只要一个人写字有一定的风格，别管好看还是不好看，都能被后人“集”出似乎是那个人写的“东西”来，比如全国大马路上那么多用毛体字（毛泽东的）写的学校和单位的名字，我猜多半是被“集”出来的。要想让人把你的字给“集”了，前提是别是个公认的坏人，比如没有哪个学校，用汪精卫大人的字体，“集”出个校名，除非是家日本语学校。还有，好字“集”出来好看，不好看的呢？譬如，您的墓志铭，我先写铭文，再用拖一条黄鼠狼断尾的章草“集”出来刻上去，如何？好有幽默感的墓碑哟！

紫竹院卖文房四宝的那个老妹告诉我，现在最硬的笔是用獾子尾巴做的，我花了 38 元买回一杆试试，还是找不到“如狼”的感觉。用其写那种从隶书到楷书过度的碑帖手感还行，但总感觉像是刷了（真有两把刷子！）。隶书用笔是横着用的，写起字的手感很像在 DIY 刷墙。前些日在故宫的北宫门外看到一个无臂人用脚指头夹着笔写隶书，当时就寻思为什么他只写隶书呢，自己写了，才知道用脚是不大好写楷书的：楷书是上下用力，用脚趾头写楷书，恐怕比张飞纫针还难。

读《旧时岁月——吴小如早年书评集》，甚为佩服。吴小如是北大中文系教授，上个月的某一天刚刚去世。这个文集中的文章都写于新中国之前。做文章时他 20 岁出头，但笔法老成得比得上巴西队 22 岁的“当红国脚”内马尔。我发现仿民国时代人的文章比学写古人的字还难：那本书里至少有 1/5 的文字的表达方法今人已经不用了，用了也没人能懂。就好比是那些草书中的笔法，你将之用于写今人的文章，即使用对了也没人认得，已然变成了另外一套语文符号。不过，在习得古人的草字时，你能找到一些简体字的源头，比如“龙”的简体、“书”的简体，等等，都是在草书中有过的，并不是我早先认为的、都是20世纪下半期文字改革者的发明，这也算是一种宽慰吧，换种说法，而今的文字改革也并非全是全新的篡改，也并非都是章草之类的“丑陋的”创造，新中有古，一些“古魂”借着“今尸”复活了也！不过，读吴小如（吴同宝）的文章的震撼，是汉语大半世纪之后真的变得非常简略、简单、简朴了，全然没有了哪怕是民国半白半文言的文气，都成了口语大白话。这过程多像是从汉隶到章草的过度？！咋补救？窃以为只有一条路可行，就是在现有的、已经不可逆了的“章草白开水文”（稀粥似的）材质上，增加“能指”外延的厚度，丰富其寓意的内涵，好比让紫竹院中一根暴风雨后残留的比原来细多了的树枝上，能站几只野鸽子就多站几只，挤挤也行呀。妈呀，刚说那个“能指”，也是个舶来说法！汉语和中国足球危矣。

6. 不会用毛笔写字，你才真Out了呢！（2014年6月21日，星期六）

“Out”是今人“赶不上时代”的时髦说法。一个大学老同学在听到我至今还不会使用“微信”时，说：“小齐，那你就真Out了。”他说连他80多岁的老爸都会使用微信，说全中国有13亿人，至少其中的6亿人都在使用微信，说用微信想“加”谁就“加”谁，一旦把谁“加”上了，甭管他或她在天南还是在海角，你想什么时候聊就什么时候聊。我对老同学说我现在只有一个念头，就是钻研书法，就是照着古人的字迹写字。由于未来的几十个年头之中我就干这一桩事了，因此我就不太需要当代人做朋友了，何况，即便本人真的使用了微信，想加的朋友大底也会是隋朝的智永法师；宋代的“东坡居士”；唐朝的颜真卿；伟大领袖毛主席这样的朋友。当然，前提是他们也会使用微信、也想把我“加”进他们的聊天群。

在书法上和我臭味相投（我写的字在墨汁不好的时候的确是臭味熏天的）的那个“北语”南洋餐厅的厨师“申龙”——这是他的真名真姓，已经从那个餐馆神秘失踪了。这是我昨天拿着两幅隶书的习作找他切磋的时候才发现的——上次他还因为我显摆字白送我一扎马蹄水来着。由此，本人倍感趣味的孤寂。即便买了新手机，即便有了微博，即便想“加”那个申龙先生，现在也不可能了。据说他前些日子在人民大会堂参加过一次厨艺大赛，可能是大赛之后就被留在人民大会堂，不是专门写字就是专门做饭了吧。

让本人感到“趣味寂寞”的，还有周四在北大听康士林（Koss）教授讲本学期最后一次拉丁文课的时候。我自从去年北大博士毕业之后始终保留着每周至少到北大听一次“古典课”的习惯。所谓的“古典”，就是旁听古希腊语和拉丁语，就是做一些根本就没用的事情。周四，当本人将和“北语”出示的一模一样的学刘炳森字帖写的两幅隶书出示给康老师和其他几位中文系的博士硕士时，他们其中之一竟然问我这是什么字帖呀。我说这当然是隶书了。他又问最古老的隶书离现代有多少年了呀。我迟疑了一下，说至少有一两年了吧。我是开玩笑，但中文系的博士似乎真信了！我不禁暗喜，我想我把余生使用在抄写那些汉简和魏碑乃至隶书将是一个异常有前瞻性的、一个极端“高大上”（高端大气上档次）的决策：我做的是一件平常人根本无兴趣的、即使有兴趣也要花非常大的气力才能达到我当前水准的事，而且，这从做生意的角度来看（我仍旧是个职业商人），也是一件极端“小投入、大成就”的能大赚的“买卖”，这绝对不Out，这叫用“逆袭”的法子追求玩微信的6亿人之上的时髦，而且，这肯定比那种随便一摇、就能用手机微信摇上来一大筐的“清华博士”的游戏更刺激，也更划算。“清华博士”也是我那位大学同学说的，他说你随便用微信一摇，兴趣就能从你周围3米左右的草丛之中摇出一个能和你这个“北大博士”有共同喜好的“清华博士”来！我呢，则怀疑万一摇上来的不是个什么“清华博士”，而是紫竹院湖里隐藏得极深的一条200多岁的澳洲鳄鱼或者一只唐朝大王八，那可咋办？

谁Out谁不Out的问题想明白之后，我还是回到高高的危楼之上，对准湖，写着那笔越写味道越臭的大字。说到墨臭，我老父的字“更臭”。我老父的毕生爱好也是写毛笔字，他每天都用早晨取回并看过的旧报纸写，一天下来，两份报纸都看完了，也都写完了，于是桌子上又恢复了原状。他多少年如一日这样写呀写。我发现这些日子随着老父的大脑渐渐退化，也可能是墨汁不太换了，他那字越写越“臭”了，闻起来像新鲜榴莲似的。还有，由于他时常无意识地把不知是谁家邮箱中的报纸也拿回来写掉，他这种行为时不时会把楼下保安小李家的那个痴呆的女儿（她是真的痴呆，她是智障患者）给引到我家找报纸，她虽然痴呆，但常年负责分配本门楼的报纸。前天小李女儿按门铃进我家后，什么话也不会说，就是四处找报。我说今天没拿别人家的报呀，不信你就找！不过她还真找到了一份别人家的、老父还没来得及用黑墨汁写臭的报纸。我边关大门边寻思：假若我此时不在家，我84岁的半有病半没病的老父以及这个每天进门二话不说就找丢了报纸的真大脑迟钝的小丫头，他俩会怎样的沟通？

看来，我以后有了微信，第一个该“加”的不是隋朝的智永法师、也不是民国的李叔同法师，更不是毛泽东，而该是她。

7.乾隆体和毛体字，后无来者也！（2014年6月29日，星期日）

正在抄写着乾隆的“御笔诗”，是从前出版的，马上，新闻中又传说在故宫的几个箱子中新发现了2.8万首乾隆的“御笔诗”，这么说，无论我咋样地努力，都不可能把他老人家的诗给抄写完了。乾隆的字和诗是本人的“最爱”之一，从前我有过一个非常宏大的野心，就是哪天我真的有本事了就只做一件事，就是把乾隆爷的所有写过的字给出一个“乾隆全集”。那将是一部“巨著”，那将是一个不可能完成的“伟业”。不知我的这个“乾隆情结”起始于何年何地，是10多年前在泰山脚下看到的那块乾隆写的字体奔放得不亚于岳飞的《满江红》的石碑那个时刻吗？从那一个时刻开始，我就意识到，世人给乾隆字和诗歌下的“不入流”的那个判断是小肚鸡肠人、酸溜文人和匠人的误判也，正所谓乌鸦之心难度鸿鹄的志向，百姓的胸怀咋能推断和欣赏伟人帝王之情趣呢？同乾隆者，是毛泽东之文章文字也。你我压根就不可能像乾隆、毛泽东那般当“盛世之帝”、当“开国之帝”，由此说，他二人的书法和文字只属于他们、专属于他们，是不可复制不可克隆甚至是不可用我们这般的“小民思维”所理喻的，对之，我们怎能只是做技术上的不草率的评估和酸臭的嘲讽呢？乾隆的诗每一首都是那样的大气和从容，他几乎每日作诗，然后，再用他那种我认为是清后几乎无人可及的“乾隆体”录之、抄之，散发之，又被镌刻之、破坏之。乾隆的诗被不知多少个神龟用身子顶着，在华夏的那么多地方静静地立着，没有人知道它们的数量到底有多少，也没人能把乾隆那些表面上看四平八稳圆润肥大但骨子中秀气灵气喷薄的千万个大字给收录下来，这无疑是中国文学史书法史的一件憾事。若说是“字若其人”的话，那么几百年间中国的两位“大皇帝”之字，可谓是前无古人，古代皇帝中李世民的字、宋徽宗的字虽然也是极品，但论气势论潇洒论“高端大气上档次”，唯有乾隆、毛泽东也！你很难想象写宋徽宗那笔花拳绣腿字、描宋徽宗那笔工笔画的人，能像乾隆那样巩固一个长达几百年的“盛世”，你没有毛泽东那“两把大刷子”，也不可能留下那些看上如万马奔腾的绝世佳作。他们后无来者也！因何？答案是要想有一个写“毛氏狂人体”的字，必须再出现一个他那样的人，必须再把一个“国”给“开”了，也就是说，“开国”之事在中国几百年才一次，两千年才几次，“开国君书法家”两千年也就六七个“候选人”，而且，他们要能写字、写好字、写好诗，把诗先写了，再用“他”独有帝王傲视一切、目空一切但又胸怀一切的眼光和技术修炼出一种“他”独有的那种字体，给写下来，由此而说，再出一个伟大领袖毛主席那样的“帝王书法家”，从理论上之后的一千年是不可能的了，因为，俺们老百姓都不喜欢老是改朝换代、老是“开国”呀。

乾隆爷的真迹忘是在哪里看过，但毛泽东的真迹几个月之前在国家博物馆的正厅中仔细反复看了。那时刻，毛主席的亲笔字和本人之间就隔着一层玻璃，它们就在我的眼前平躺着：他写的《长征》，他抄的唐诗……不敢相信那些黑色的墨汁就是儿时在那么多本书、那么多面墙上看到的“伟大领袖”的亲笔。感叹吧，但那时的感叹可真不是无端的。回家学着“老毛”的法子，我也将纸头从大到小裁开，然后在一半或十分之一的宣纸上写字。

8. 就着“徐疯子”的草字赏荷花（2014 年 7 月 4 日，星期五）

昨天抄写了一幅徐渭（文长）的大草，然后拿去裱了。那幅大草是写韭菜怎么一到了季节，就满池子疯长的，这，非常像紫竹院这阵子池塘里的荷花。那些荷花上个月还只是在水面露出几片叶子，我纳闷：池子里的荷花今年为什么没了？而正当我以为那些荷花是被前两年修理荷塘时给连根拔掉的时候，眼瞅着，一进入了盛夏的端头，那池子里的荷叶，就如同徐文长明朝写的那首“韭菜诗”般撒野似的，昼夜中就把池子给填得死死的。有粉的、有白的、有半白半黄的，满满的，都美丽得跟假的似的。我一贯对特美的物件抱有警觉警醒之心，面对这一大池子被水珠子裹挟着的几乎毫无缺陷的姿态各异的荷花，我不会像朱自清那样的用《荷塘月色》里的那些词汇夸赞它们—— 那些个露珠中的荷花，而是尽最大的力量，用肉眼寻找它们之中的哪怕是一株—— 塑料或绢布制作的假花，但可恨没有，它们的美丽是真的，它们的无瑕疵也是真的，它们的确比“徐疯子”用诗歌描写的那些几百年前的韭菜更加养眼。我于是就带着这种的“失望”，用真切的情绪欣赏起它们来。

9. 大师们的字和人（2014年8月9日，星期六）

今天到美术馆看“文史馆书画展”。这些都是从各省文史馆抽调上来的顶级美术作品，因此，满满地悬挂在墙上，有些个眼晕。不太清楚“中央文史馆”是个什么样的“单位”，感觉上它是一个比较抽象的文化组织，不过我知道北大中文系的一位老先生袁行霈是文史馆的馆长，据我导师陈老师说，袁先生是位“副部级教授”，而且，北大中文系还不止他一位。袁先生的字高悬在展厅的首位，由此，袁先生是馆长的事是十分肯定的了。另外，大家都知道，他还是金庸北大读博的导师。

我不太懂得那些国画作品，感觉上像是没有什么突破，于是，我就专心看那些书法作品了，谁让我现在没事就写大字了呢？

首先应该批评的是书法协会会长沈鹏老先生的字，他的字我不懂为什么总写得那么的柔软。字虽是“大草”，但草得太工整太“不出乎意料之外”，于是，你怀疑沈先生每写一个字之前，都精心设计了下一个——这当然不好，我心目中的“好字”非要好得偶然、好得奇特、好得没有心机（计），一句话，一定要好得自然，沈先生那种字，我从中国的南部跟着看到北部，从杭州大大小小的庙宇的竖匾一直看到北京中国美术馆，也就是眼前这些，我还是在他哪怕是尽力让自己的字使劲的放纵了、还是那般的规规矩矩中，看不到写字人的心中的狂野，也太按部就班啦！

草字不是形式上的草，而是写字人内心的“草”，只有心“草”了、心不安定了、心神激荡澎湃了，字哪怕不是草体，哪怕是楷书隶书，写出来还是“草”的，注意，不是“草率”的“草”，更不是“草莽”的“草”，是“野草”的“草”，是“狂妄”的“草”，是大义凛然的“草”，是心潮激荡的“草”，是“自然”的“草”，是“离离原上”的“草”！

其次该挨板子的是欧阳中石老先生的字。老先生20世纪80年代为我们大学生讲解过书法课。老先生的字的地位在中国可谓是如日中天，但我还是搞不明白为什么中石先生永远突不破他那种张力十足的字体：那种有些夸张、有些嚣张，但极其的沉稳、怎么摆放都是“已知”的样子？！何为“已知”？就是都在预料之中也！ 当一个人的“书道”形成之后，当我们的眼神一朝下溜、就能“溜到”你预想的那位书法家的下一个笔画的时候，于我来说，那位书法家也就没什么奇特的了，就成了工匠了，就成了工艺美术师而不是书法家了。书法或许压根就没什么“家”之说，书法就是自然的文字用自然的笔墨的“到位的表现”。怎么说才算“到位”？到的是“言”和“文”之味也，找的是书写的内容（诗、词、文章）的那一个时刻的那样的一种感觉也。天下哪有一种情态不变之文？由此，天下也绝不可能只有一种笔法的“墨汁的涂鸦”，由此，中石先生、沈鹏先生、范增先生、韩美林先生等诸大师那么多年都用一种他们非常熟练的、令他们非常自豪的字体写天下各种文章（长的、短的，不长不短的），在我看来，都仅仅是“工匠心、工匠气、工匠法子”也，都不足道也，都非常不自然也，都该好好地挨一顿板子也！

书道之真谛在于千变万化，在于神出鬼没，在于灵魂出窍，在于“无限风光在险峰”，在于想不敢想、推测不敢推测，猜又没有猜到，由此说来，毛泽东的书法远在上述“匠人”之上也，毛之书法随心所欲，变化万千，“变”在不可能变得时候、“化”在冰雪消融之后也！猴性虎性交集之性情（毛泽东自己评说自己时说的）使然也。

在不是职业书法家的笔墨中，我看到的有王蒙、袁行霈、汤一介、叶嘉莹、冯其庸、吴小如等人的字迹。先该挤兑的是王蒙老先生。王蒙的字正如其人，中不溜儿也，像他的为人一样没什么个性和棱角，四仰八叉八面漏风——老庄的毒中得太深也（如他自己书中所述）！叶嘉莹老师我30年前在渥太华目睹过她的真容，字也如其人，中规中矩，她笔下可贵的繁体字对大陆人来说是“活化石”——繁体字一写，你马上就有文化了！汤一介先生的字一般，不如老先生的国学有造诣。在所有“文化大师”们的真迹中，最有底子的还是北大的两位老教授：袁行霈先生的字和吴小如先生的字。袁先生给台湾某大学写了一封信，用的是文言和毛笔，看上去虽然是信函，字写得异常的漂亮、用心和有章法，颇有非要和台湾的同行“飙字”“飙文”的意味。我猜测袁先生在下笔的时候，就有“此信可是你的收藏品”的对对方的暗示了吧！嘿嘿。

最让我服气的，还是吴小如先生的字。他刚刚过世不久，他反对写字的标新立异和形式主义。他的字真格的秀气好看。他能把中文的汉字写得既顶天立地又收放适度，那般的文雅和从容，眼瞅着每个字跟蝴蝶伸开翅膀匍匐在宣纸上休息似的，它们还打着鼾，真美呀！

10. 秋雨先生的字真好（2014年9月1日，星期一）

出于羡慕嫉妒恨的原因，本人在行文是常爱拿余秋雨先生的故事开心，一般被编辑删除了，那些没被删掉的，就侥幸地“活”了下来。在活着的“大师”中，有些人是“说”不得的，说了，可能会惹出法院的官司，比如范增老师呀、赵忠祥老师呀什么的，赵忠祥早年说不得，说了用他自己批评人的话，是“破坏安定团结”，但晚年一到不甘寂寞了、怕被人遗忘了，态度就来了个大转弯，大叫“我求你们骂我吧！”他越是那么说，倒反而真的没人骂他了，偶尔被骂之后，他不但不会到法院去告骂他的人，甚至会感激涕零视为知己，因此，我惯用的法子就是把讽刺过赵老师这类的名人的文章，放在他们的“晚年”出版。

范增在《沈从文的后半生》里，被说得人品不佳，尤其是他在“文革”中对他老师态度的那段，这不是人瞎说的，是他自己做的，这颇能和范老先生前些日把说他画画用“流水线”的法子画、然后范老先生把那个“攻击”他的人用法律的手段“报复”的贼惨——联系到一处，同时，也和范老先生写大字时的那股子“凶气”有一比拼。前些日范增先生在湖南的“岳麓书院”为一些想学书法的外国学生做“开笔”的“法式”，只见范老先生双目“嗖嗖”放电，一股子的杀气和霸气，握笔的姿势也像是猛张飞用筷子夹着一根豆芽那么的信心满满。只见他先用“章草”一撇一捺那样粗中有细的两撇非常有特色的眉毛扫视了一下现场的“洋弟子”们，然后，像饿虎见到馒头、老鹰看见小鸡似的转向身后的那张雪白的竖立着的宣纸，大笔一挥，风掣电驰潇潇洒洒，像老神仙“画弧”似的，写下了那两个我从早晨起就想、却咋也想不起来的“范式”大字。

我比范老先生还老。

记得俺们红小兵在“文革”的时候，也是用他那种骑马蹲当的姿势在学校的墙上写批判林彪和邓小平的大字报的。遗憾，我们咋就没写出范老先生的这般“成绩”来呢？

和范老先生相比，余秋雨老师文雅多了。李敖说他自己是活着的作家里仅存的一个用毛笔字写东西的人，其实不对，秋雨老师才是。我最近发现秋雨老师的毛笔字写得极好，而且在未来的书法史的史书上，必然有余大师一笔。我是今年4月在武昌的“辛亥革命纪念馆”第一次用肉眼看余老师的墨笔的，第一感觉就是“妈呀，真是祸不单行！”——莫非老天先给了余老师“一支”上等的文笔、再搭送他另外一支写大字的超长墨笔不行？那还不把全天下写书的人嫉妒死掉？秋雨老师的字和范增老师的字是两种风格，前者大气霸气，后者有点小气但有着超出一般的秀气，还带着一阵子江南水乡的水气和大文人的仙气，看起来就像是“秋天的小雨”，总之，余秋雨的字是上品的，是风格独特的，是能和余老师的“文”媲美的，二者互为表里，二者相得益彰。

回京后，为了“稳固”我对余老师字的如上的印象，我买了一本他最新出的专门说书法的书《极端之美》，这批书封面的书名都是余秋雨亲笔题的，当然，用的是他的“余体”。秋雨大师在书中说他4岁就用毛笔写字了，难怪！余秋雨将书法之美和昆曲之美说成中国艺术的“双绝”……详细的大家自己看书去吧。

秋雨老师书法之美的发现让我等对他这些年的一些不满也减弱了，哪些？不就是他的手里攥着的上海“一百”的股票成倍地增值那件事吗？还有他的文章写得也没什么太大的起色，没有什么重大的突破，例如他管前几年出的一本书的书名叫做《我等不及了！》，我认为这个书名乍听起来还以为作者急着要抛手里的股票哩。

11.养鱼事业的“自给自足”（2014年9月6日，星期六）

写大字写累了，我就拿着一些捕鱼的工具到紫竹院的几个湖里去弄一些鱼回家里养。我的工具包括一个渔网、一个盛鱼的橘红色塑料桶和一个“地笼”。我之所以自己到湖中去捞鱼，是因为以前从“官园”市场买来的金鱼们，几乎都死光了。死鱼的事情虽然不算是大事，但每次回家都死鱼，就已经是大事了。还有，从前死的鱼全是金鱼，过后我才知道，金鱼是不能“群体”地养的，我那般大的鱼缸，最多能游弋上两三条金鱼，而卖金鱼的竟说成了二三十条，于是，金鱼们就都死光了。我是说，是那些卖鱼的，而不是我自己，害死了那些金鱼。

湖边一位同我一起用“家伙”抓湖鱼的老弟还说，金鱼之所以需要更大的空间，是因为金鱼游弋得慢，体态肥大，因此游弋起来比湖里的野鱼们需要更多的氧气，你放得太多了，就自然地死掉了。这原理，似乎就像是人类之中的大胖子：肥胖的人在移动时比我们更需要新鲜空气和氧气，因此，假若你被困在一个卡了壳的电梯里，你的同伴是个身材比你大一倍的人的时候，没准，电梯中的空气，就剩下他一个人的了。总之，我是在养肥猫似的金鱼们，养到被死亡的预期折磨得将近崩溃的时段，才下决心去湖里自给自足——鱼和虾的。

说到虾，我的鱼缸里的确养过和养着一些个小虾，都是我从湖里和银白色的小鱼们一起捞回家的。一天有一只挺大的虾死了，死得只剩下了虾皮的碎片，我问懂得虾的人，他（她）们说虾比鱼更难养，还说一定是虾先死掉后别的鱼才吃它的肉，才让它只将一些个透明的皮囊留在了人世间。

我一直害怕总养鱼总死鱼这件事不久要遭到报应，而且每次想这些时，我就尽量将思绪朝着那些餐馆中盘子中的死虾方向拉扯，何况，作为一种另外的物种，我们和鱼虾，好像也构不成你吃了我我吃了你就非要忏悔和担心遭报应的地步，该遭报应的我认为，倒该是那些吃了另外一种鱼的大小鱼们：我两个缸里的鱼虾绝大部分的死，都死于被它们的同类吃掉，有的第二天我见到时，不知是夜间被哪一条鱼或哪几条鱼给掏空了肚子，死相非常的狼狈和惨烈。最可惜的是我家的一条活得最长的金色的锦鲤，它从今年 2 月以来，原本活得结结实实、聪聪明明、健健康康、自由自在的，我本以为它能和本人一样一直健康地活下去、老下去的，一直活到它的天寿——鱼和虾的天寿究竟是多少来着？但不幸的，就是那条被我一直引以为傲的金色的小锦鲤，在一天夜里被别的鱼给掏空了肚子，也走了。我于是，只有再次坐到书案前面，取来已经发出鱼腥味道了的砚台，我抄写下一段唐人的小楷佛经。

12. 沈从文的那段话也适用于书法（2014年9月15日，星期一）

我一直想为书法的“不朽”找一段最恰如其分的“说法”，现在找到了，就是上文“隽文不朽”中的那段沈从文的名言：

“万千人在历史中而动，或一时功名赫赫，或身边财富万千，存在的即俨然千载永葆……但是，一通过时间，什么也留不下，过去了……另外一些生死两寂寞的人，从文字保留下来的东东西西，却成了唯一联接历史沟通人我的工具。因之历史如相连续，为时空所阻隔的情感，千载之下百世之后还如相晤对。”

隽文的不朽和书法的不朽的基本原理是一样的，就是这段话的上半部分，说的是历史上死了那么多的人，有有权有势的也有无权无势的、更有狐假虎威的和假模假样的，但这些人一“挂掉”之后，就什么都没了，就什么都不是了，比如说李嘉诚在王府井盖的那幢“东方广场”吧，多么宏伟的建筑呀，但李嘉诚一走，“东方广场”还在，绝不可能李嘉诚走了，“东方广场”也想不开和李嘉诚一起走吧。那么多人留下的，从百年千年的长度来说，就只有文艺类的东西，比如音乐、文章之类的，但书法和文章是不完全相同的，它们之间微小的不同之处在于“沈氏名言”的下半句：“另外一些生死两寂寞的人，从文字保留下来的东东西西，却成了唯一联接历史沟通人我的工具。因之历史如相连续，为时空所阻隔的情感，千载之下百世之后还如相晤对。”尤其是在这下半句中的“文字保留”那四个字和最后一段话“因之历史如相连续，为时空所阻隔的情感，千载之下百世之后还如相晤对。”

用书法、墨笔文字所做的“文字保留”是和普通的印刷体不一样的，后者是大路货，前者是原生态，是古人手下的真迹，这些写作者原模原样的字迹，是活的，是携带着“那条生命”的基因的，是“在场”的，在什么“场”？不信你看看苏东坡写的那个“寒食帖”吧，它呈现在你眼皮底下时，你感觉好像天还在阴着、写字的人还哆哆嗦嗦、委委屈屈、惴惴不安着——这些都能从字迹中读出来，这时候，你就进入苏东坡千百年前写那个帖子（信）的那一天的那个时辰的“场合”了，你的毛笔和他的毛笔的姿态就重合了，你看宣纸和他看宣纸的眼神也一致了，你下笔时候的心境和他的，也贴近了，你的生命体征，你的运气和呼吸……你一笔一画地仿照着他的字迹临写，你于是，就仿佛是和苏东坡的肉身以及灵魂、做着相隔一千多年后的“借字还魂”，你于是，不就和另一端的时间以及空间的那个“老苏”“因之历史如相连续，为时空所阻隔的情感，千载之下百世之后还如相晤对”了？！

这就是对着一盆湖水临古人字迹的非常真实的我的感觉，这种感觉不只是对“老苏”，还对“老王”——当我在本年度的第一春的第一个湖水的“开化期”到了的时候，异常欣喜地看到湖中的第一只小船将已经封冻了若干个月份的“此湖”给翡翠石划开一道白痕似的——撩拨的时候，我平生第一次临王羲之的《兰亭序》，也是在50岁左右、也是在“春之初”、也是从没写过什么“兰亭”、也是写的时候心里咚咚地悸动，也是不知道能写好不能写好，于是，我就一气写了下来，于是，我无意中发现我已经把“兰亭”给全息全影地摹写完了，而且我竟然，还写得那么的像“老王”的原作！那真是一种相当神奇的体验！完成后我就将之裱糊好收藏好，而且，我绝不会在甲午年写第二幅“兰亭”——我必须等待明年的开春和明年那艘“破冰船”的到来。

我虽然能用书字和“老苏”“老王”之流的“古代神人”“千载之下百世之后还如相晤对”，但一年最多只能“醒悟”一至两次，因为他们毕竟还都是腐朽的死人嘛！

13. 隽文，你真能做到“四个不朽”？（2014年10月10日，星期五）

我又在紫竹院里的那个卖文房四宝的地方买了一卷新的宣纸。他们两口子也不时帮我裱糊我的那些不算太成熟但想再成熟似乎也不太可能了的“作品”。我上次裱的就是我那卷第一次写也是唯一的《兰亭序》，或许它也是最后的一幅“兰亭”，因为我发现按照我这种要想把所有的古人的名帖都写一次的写法，写的任何一幅，都恐怕是这种字帖的最后一幅。而且我更发现，哪怕是新的一幅很难超越第一次写的第一幅，这就和杨绛写的《洗澡之后》仿佛：洗过一次澡的人再洗第二遍澡，也就没太大意思了，尤其是洗头脑的风暴似的那种澡。

我还发现，用一杆新的毛笔写出的字是不再能重复的，我是说能好到那种程度，我让那个店主帮助解惑，女店主说：“那肯定是的！”——她巴不得让我一天写坏一杆毛笔，然后再从她那里买另外一杆。她还说些草字要能背诵“草字歌”，还只能用羊毛笔。我每次从他们的那个小摊位路过的时候她都在那里用宣纸和毛笔学画国画，但我从来没见到她画的那种画有什么进步，所以我猜想女老板常年在摊位上学画画恐怕是一种噱头和作态，是为了引起我这种书画票友的兴致，然后把他们的纸墨笔砚以及那些过期的几百年前的字帖给推销出去，这其实就跟我们楼下的半年多来已经把所有他能找到的盗版的字帖都卖给了我的老弟是一样的——无论如何冥思苦想，他都已经再也想不出来还有谁的字帖我没还没有了。我一边买他那些一边和我套半个山东老乡一边从不知什么角落“淘宝”出来的盗版字帖，一边教育我那位老弟说虽然盗版是不好的，但盗日本人制作的字帖的版却是件好事，是一种爱国之举，因为他们本来就是抢我们的嘛！我还一再向他解说卖字帖的人和买字帖的人的“唇齿相依”“一衣带水”的关系：我们都不买了，他倒闭了，不来了，我再上哪儿去把那么沉的一个个大本本，给抱回来呀？那老弟连说“是，是”。然后把我手上的钱悄摸取走。

昨天在北大图书馆看了一个书法展，是哲学系办的，书法家的名字是张岩（女）和祝帅（男），是以北大为题材的，名为《燕园翰藻》。“翰藻”的意思不大明白，但肯定不是杨绛说过的“洗澡”。尽管他们二位都是“80后”，字却能写得那样的好，画也是那般的精致。一打听，他们本都是中央美院专门学过字画的，于是心情好些——俺毕竟是业余的嘛。昨天去捧场的有很多北大的名教授和书法界名人，其中就有写过很多书法审美著作的朱良志先生。我近来喜欢读的书法审美的书有朱教授写的，有余秋雨写的，还有蒋勋写的。写字是功夫，赏字也是功夫。

我又买了宣纸，是因为只有宣纸，才是文章真正的“不朽皮肤”。“字”和由许多字连接而成的文章是附着在宣纸之上的“毛”。假若真如朋友说的那样，图书馆所有现代的纸质书甚至它们的电子版都将在200年后变得稀里哗啦或者被太阳的黑子给“黑掉”的话，那么，我们写书的意义何在？电影《黄金时代》中萧红在弥留时候说她死后不知道她写的书有无人再关心，但她的“绯闻”能流传下去，对此她信心十足，那么，我等这些没有什么 gossip 的写文章人呢？还有另外一种能让“文”像宣纸上的字迹那样“永久保鲜”的法子，或许就是像今天各家报纸大幅报道的法国作家莫迪亚诺那样，得一个诺贝尔文学大奖，但得奖的人毕竟只是少数，何况诺奖的书，也将随着人类的不再阅读或者人类寄生的地球被太阳的黑子、白子、红子之类的意外的“东东西西”，给整体毁灭，那样，文字无论咋样地附着在咋样的纸张——羊皮龟壳树皮甚至人皮（真有的！）也都无济于事，人的文字承载的记忆、写字人下笔时候的那股子“心气”以及不同时期形成的不同风格的字体和字形之中的“大美”以及“大丑”诸多种种，都将随着地球上的人类种群的退化、变质甚至消亡和因之引发的对记录“集体记忆”的需要的不在而消失消亡，而灰飞烟灭，因此，我在这本书中这么一路坎坎坷坷辛辛苦苦地“走来”又这般执执着着地讨论、证明着的这四种不朽——生活的、文章的、音乐的以及书法的，都会转化为虚无，而这，其实真的不是本书作者的起初的意图。

我写此书的初衷是想证明“不朽”——使用“四维”的方式，我的证明起始于生活却又终结于宣纸，只因宣纸这种“寿命与日月天地相同”的载体或许能将文字和文字中裹挟着的人类的魂魄、美感和情趣拉扯到更久更远的时空，但是，最终终结我们这种“不朽证明”的并不是媒介和载体：载体是物质的，是技术的，载体或许能不朽，但对文字文章的需求我们却无法证明它们的永续或存在着什么真正的或是虚假的“黄金时代”，哪怕是“镀金时代”“白金时代”呢。因为人们需要的或许压根儿就不是什么不朽的文字文章，而是gossip，而是绯闻，更可叹的是，假如当人类连自己的小命的延续都不太清楚“路在何方”，都不知道200年后我们人类这种物种是否还在这个星球上“健在”、还能不能够“称王称霸”的话，那么，要宣纸和龟壳子这些能永久性的载文、载道的媒介和工具，还有什么意义呢？

更何况，另外一种可怕的可能性也在窥探着我们这种动物，那是更戏剧和喜剧式的一种，就是不久人类或许能double、triple（两倍、三倍）地甚至无限期地延迟自己的“寿数”，比如200年后人类的寿命每一个人都200岁、300岁甚至能“万寿无疆”——你把人的内脏和大脑都打印出来、克隆出来，使它们能像汽车那样组装不就行了！那时候，书法也应该全无意思了，就跟现在我们能用电脑随意“集”魏碑、隶书和“王羲之的字”似的，那时的文字和文章我担心，也会陷落入“黑铁时代”，因为像王蒙老先生那样的作家会无限地写下去（王蒙现在就已经写了2000万字的作品了）。

所有种类艺术的“天敌”都是“无限性”——这是我发现的一个千真万确的真理，当毕加索能像有些“大师”那样流水线般作画的时候，或者当世界上人人都会画毕加索时，“大师”就死了，毕加索也“死了”，当当代作家人人都能抡起膀子“不羞地”写男女关系，写得都分辨不出哪个是“写性第一人”张贤亮的作品了，那么张贤亮的“文”将随同他的肉身死掉；作家写政治话题也是同理，当第一个“写政治”的人在政治的禁忌彻底放开之后作品不再能被识别出来的时候，他的文章就将“离休”。

真艺术的真价值在于，第一，不好产生不易产生，第二，不可、不好复制或者复制不好——无论是在有外界条件复制还是无外界条件复制的情形之下。别的不好举例，王小波的文字就是属于这种。

艺术家的寿命变得太长也能让他们的作品短命。萧红死时才31岁，她留下了90多万字难于再度生成的作品。倘若以后作家能活300年也写300年，那样的话，“文”的供应会走向无限，供应的无限至于“无限”的、网络小说的“时代”时，正如我在本书中前面说的，“文”和“文学”这两个人类最臭名昭著的“思想犯”，就会被第二种“死法”招惹，就必定会被无情的时间老人给判决死刑，而且会立即执行！

隽文，你是否真能不朽、不休、不锈、不羞？！